秘剣の名医

【十二】

蘭方検死医 沢村伊織

永井義男

コスミック・時代文庫

この作品はコスミック文庫のために書下ろされました。

◇ 薬を調合する医師
『跡目論嘘実録』（桜川杜芳著、天明四年）、国会図書館蔵

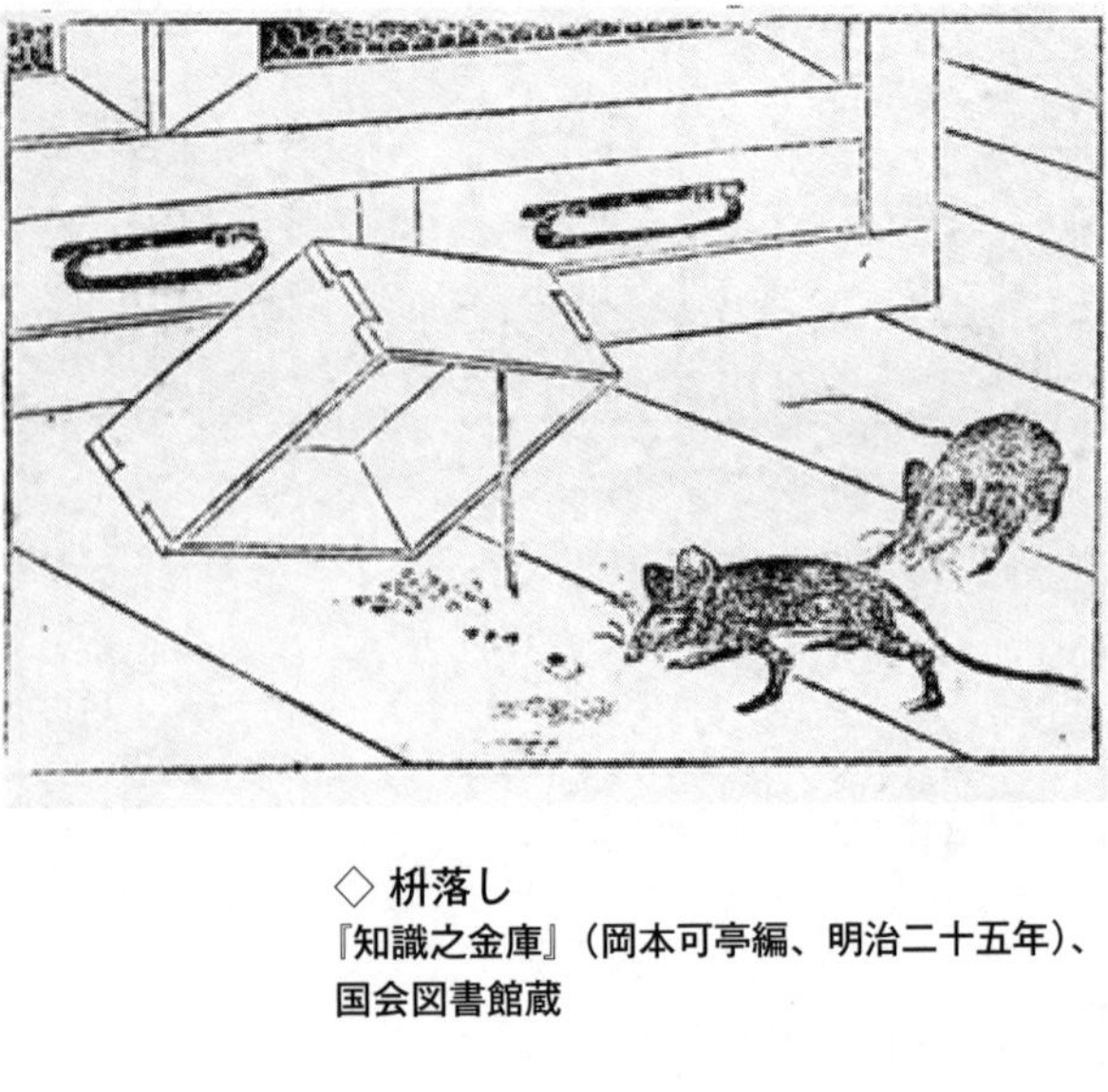

◇ 枡落し
『知識之金庫』（岡本可亭編、明治二十五年）、
国会図書館蔵

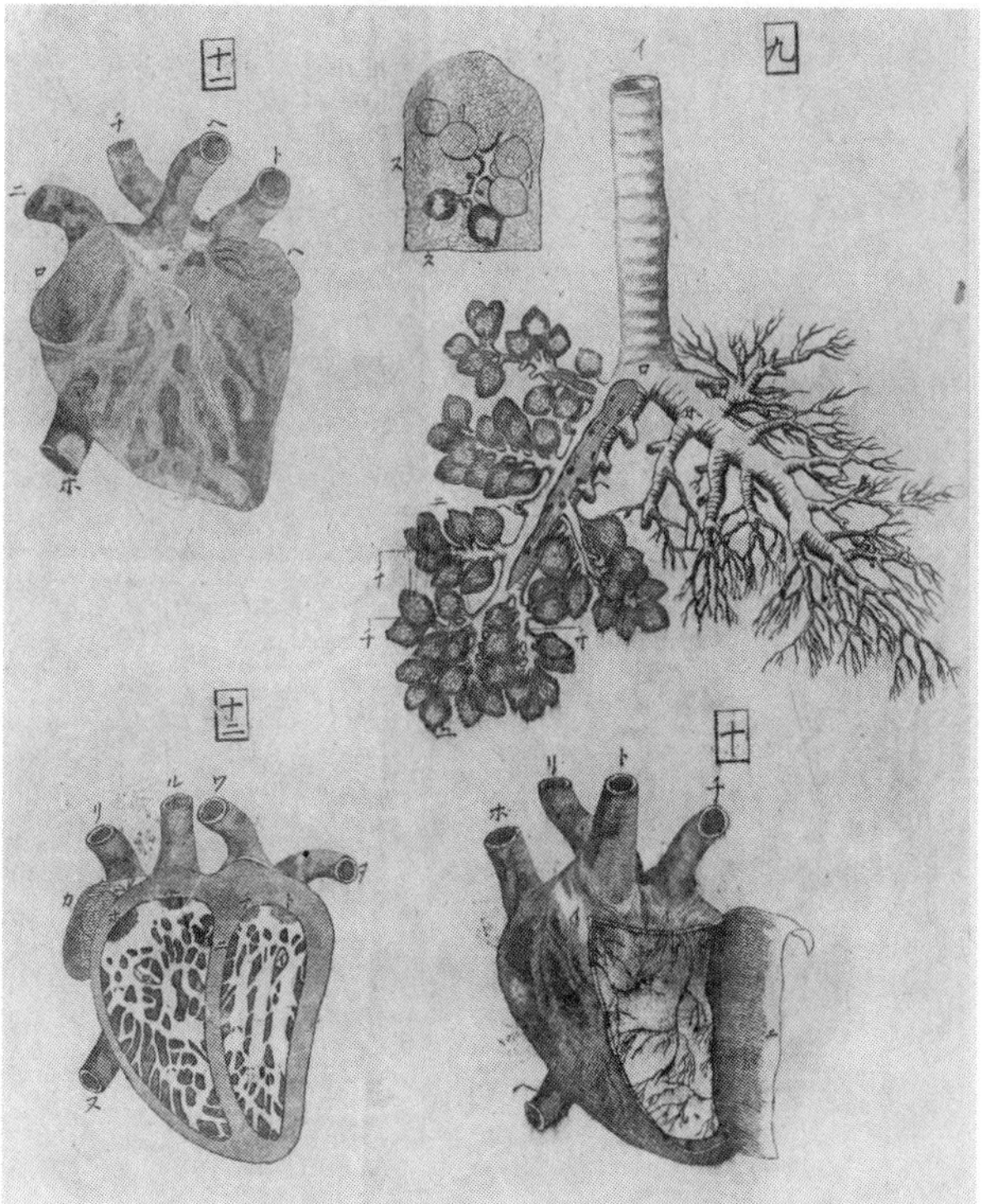

◇ 心臓（十〜十二）
『医範提綱内象銅版図』（宇田川玄真編、文化五年）、国会図書館蔵

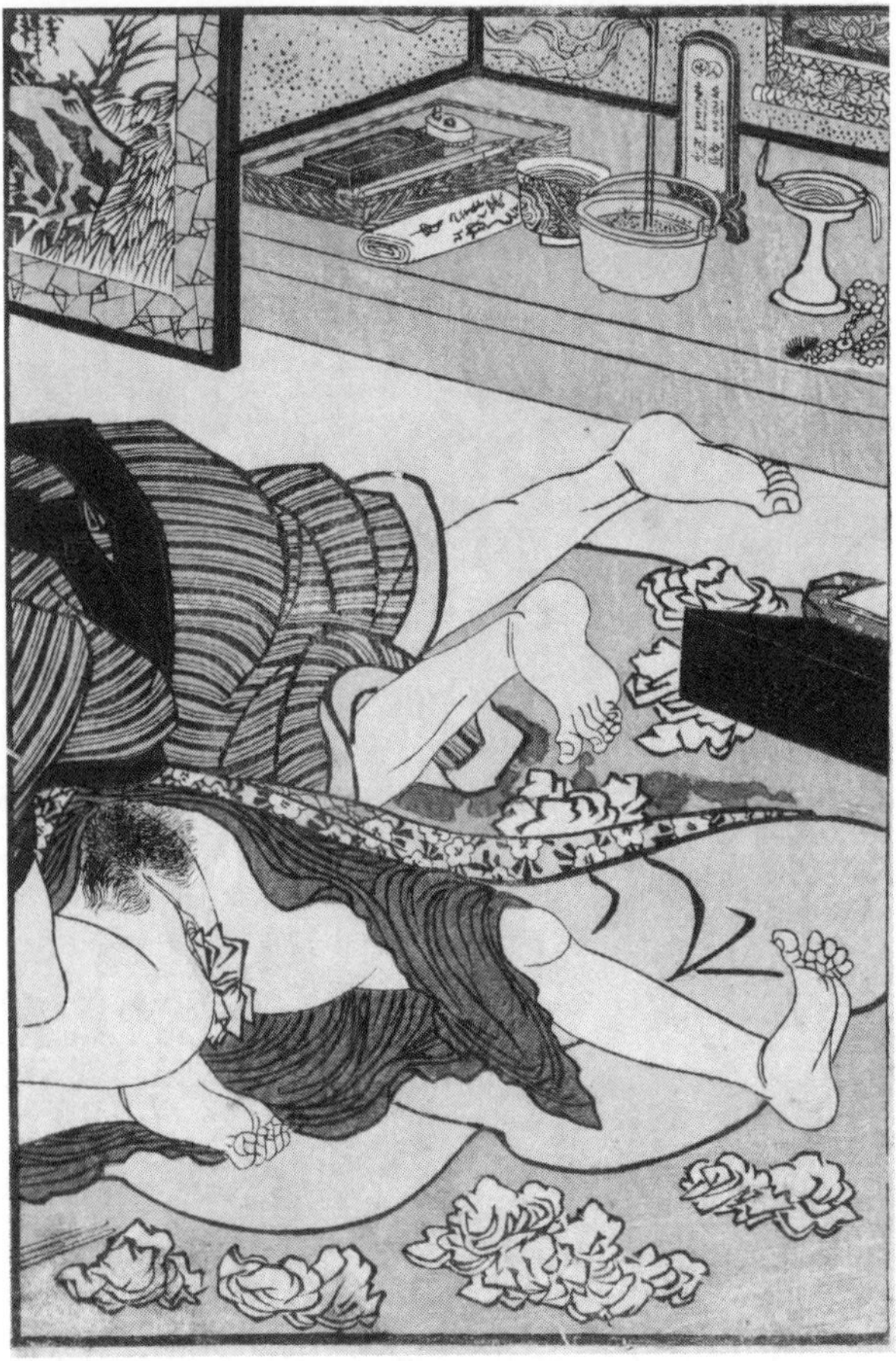

◇心　中

『絵本開中鏡』（歌川豊国、文政六年）、
国際日本文化研究センター蔵

其二

◇早　桶

『娘浄瑠理噂大寄』（岡本起泉編、明治十五年）、国会図書館蔵

つゞく

◇ 道具屋
『春色恵の花』（為永春水著、天保七年）、国会図書館蔵

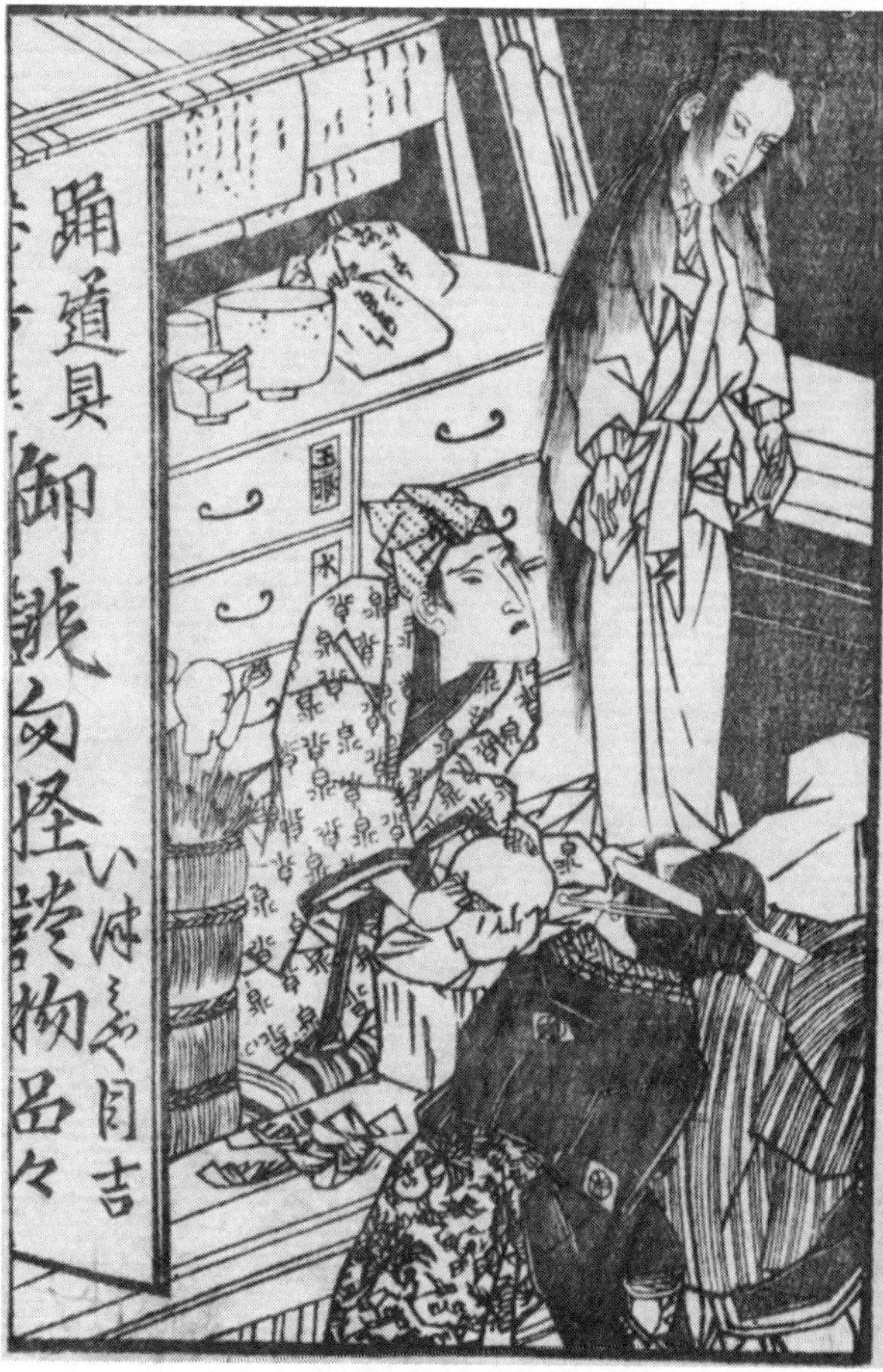
踊道具
御誂向怪談物品々

◇ 白鼠を売る店
『養鼠玉のかけはし』(春帆堂主人著、安永四年)、国会図書館蔵

◇ 長火鉢
『天野浮橋』（柳川重信、天保元年）、
国際日本文化研究センター蔵

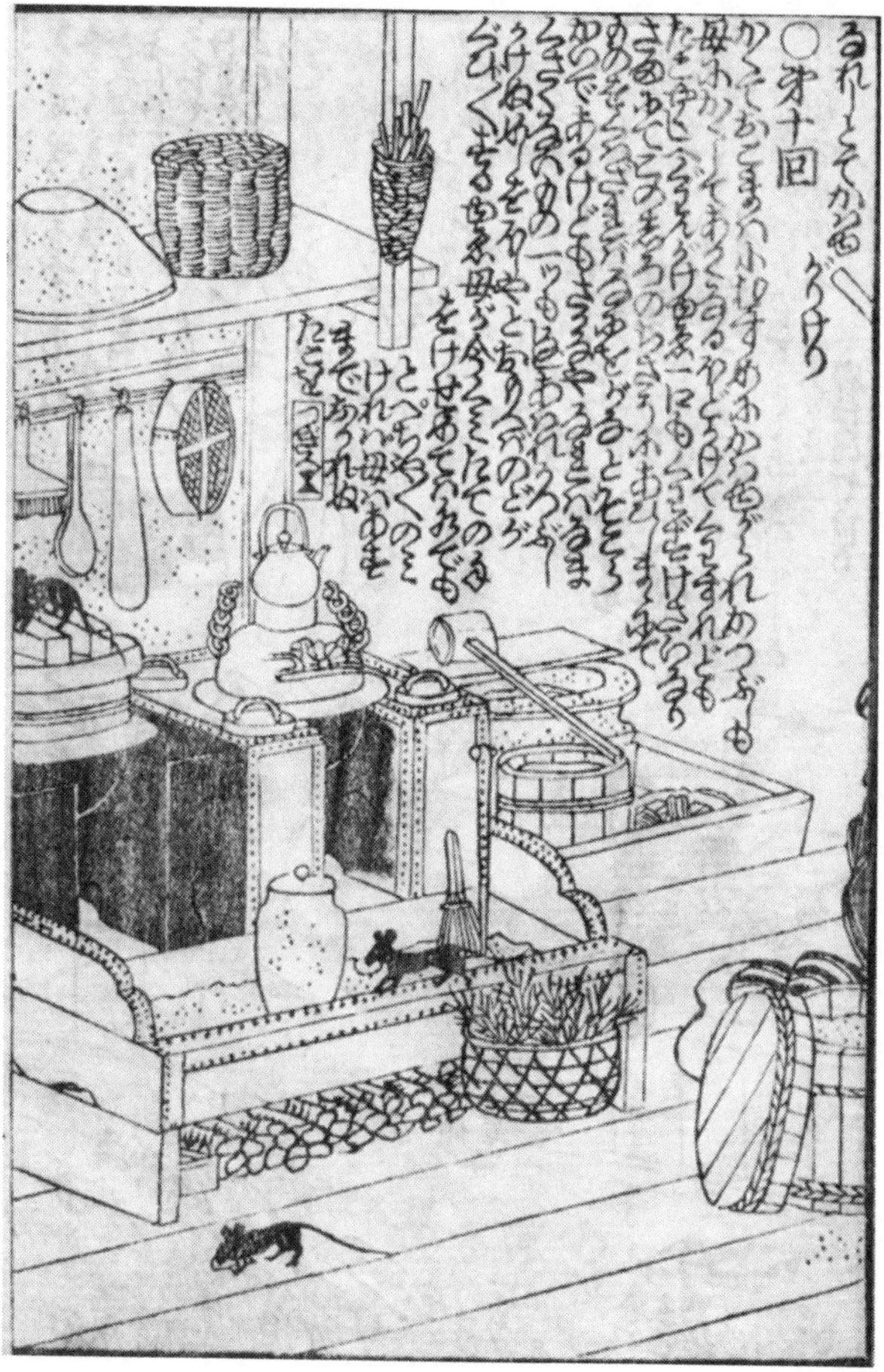

◇ 台所の鼠

『朧月猫草紙』（山東京山著、弘化三年）、国会図書館蔵

目次

第一章　完全犯罪

一

最後の患者が帰ったあと、下女のお松《まつ》が言った。

「先生、お昼にしますか」

「そうだな、いまのうちに食べておこうか。昼過ぎから、また人が来るかもしれぬからな」

沢村伊織《さわむらいおり》は答えながら、飯こそ炊き立てだが、おかずは相変わらず八杯豆腐と沢庵だろうなと思った。

須田町《すだちょう》の、モヘ長屋と呼ばれる裏長屋の一室である。

ここで伊織は、一の日（一日、十一日、二十一日）の四ツ（午前十時頃）から八ツ（午後二時頃）まで、長屋の住人を対象にした無料診療所を開いていた。長屋の持ち主である、酒・油問屋と両替商を営む加賀屋《かがや》から、部屋を無料提供され、実現したものだった。

お松も一の日だけ、昼食作りと雑用のため、加賀屋からモヘ長屋に派遣されていたのだ。

「こちらは、蘭方医の沢村伊織先生の診療所でございましょうか」

入口の土間に、若い男が立った。

青梅縞《おうめじま》の袷《あわせ》に小倉織《こくらおり》の帯を締め、足元は下駄履《ば》きである。緊張しているのか、表情が硬い。

診療所と言っても長屋の一室なので、土間の横は台所で、へっついが据えられていた。

へっついの前にいたお松が答える。

「へい、さようでございます」

「あたくしは、舞台道具などを商う黒木屋《くろきや》の者で、手代《てだい》の喜三郎《きさぶろう》と申します。先生にお取り次ぎを願いたいのですが」

土間をあがると待合室兼診察室だが、八畳の広さしかない。取り次ぐまでもなく、入口でのやりとりは伊織にもすべて聞こえていた。

（ほう、幽霊人形の黒木屋か）

須田町の表通りに店をかまえた黒木屋は、伊織も知っていた。通りを歩いている人はすぐに気がつくと言おうか。

店先に、女の幽霊の人形が吊りさげられていたのだ。等身大で、青白い顔にざんばら髪で、白い着物を着ていた。

通りから見ると、多くの道具が並べられていて、その隙間の場所にぶらさがっているだけに、かえって不気味だった。

伊織も初めて目にしたときは、首吊り死体と見間違えて、ギョッとしたものである。そのとき看板を見て、黒木屋という屋号は覚えた。

しかし、買物をしたことはないので、喜三郎と面識はなかった。

「私が沢村伊織だが」

「へい、お初にお目にかかります。突然、押しかけてまいりまして、申しわけございません。

こちらの診療所は、長屋にお住いの方のみというのは重々承知しておるのでございますが、先生にぜひ、往診にお越し願いたいと存じまして。

じつは日頃、あたくしどもに往診をお願いしているお医者さまはいるのでございますが、今回ばかりはちと……。やはり、評判の蘭方医である先生にお願いしたほうがよかろうと、まあ、そんな事情でして。無理を申しあげて恐縮なのですが、お越し願えませんでしょうか」

奥歯に物がはさまったような、なんともまわりくどい依頼だった。漢方医にはできない外科手術なのであろうか。

「病人か、怪我人か。もし緊急を要するのであれば、杓子定規《しゃくしじょうぎ》なことは言わぬ。長屋の住人でなくとも引き受けるぞ」

「へい、ありがとうございます。じつは、病人でも怪我人でもありませんで、へい。

あのぉ、人が立ったまま死ぬことなど、あるのでしょうか」

喜三郎が奇妙なことを言う。

伊織は眉をひそめた。

聞き返そうとしたとき、春更《しゅんこう》がすっと土間に入ってきた。

「えっ、人が立ったまま死ぬですって」

素《す》っ頓狂《とんきょう》な声で尋ねる。

たまたま路地を歩いていて、耳に届いたらしい。

手には、かさばった風呂敷包をさげている。書肆《しょし》から仕事をもらってきた帰りのようだ。

春更は戯作者《げさくしゃ》だが、実際は筆耕《ひっこう》をして生計を立てている。書肆から有名な戯作者の原稿を受け取り、版下に書き直して、書肆に届ける。そのあと、版下をもとにして彫師が印刷用の木版を彫るのだ。

「そなたは地獄耳だな」

伊織は笑いをこらえて言った。

さすがに春更は照れ笑いをしている。

「ふと怪奇譚が耳に入ってきたものですから。これは見逃せない……いや、聞き逃せないと。

おや、おまえさんは、たしか幽霊をぶらさげた黒木屋の……」

モヘ長屋に住んでいるだけに、春更は須田町の商家にはくわしいようだ。人見知りをしない性格なので、すでに言葉を交わしたことがあるのかもしれない。

喜三郎がぺこりと頭をさげる。

「へい、手代でございます」

春更の闖入《ちんにゅう》で中断された話題を、伊織が強引にもとに戻し、

「人が立ったまま死んでいたのか。つまり、死んでも立ったままだった、ということか」

と、念を押す。

ともかく、状況を明確に把握したかった。

「へい、さようです、死んでも立ったままだったのです。それで、ぜひ、先生に検分していただきたいと、お願いにまいったわけでして。

そもそも、人が立ったまま死ぬことなどあるのか、本当に死んでいるのか、というわけでございます」

「死んだのは誰か」

「ご隠居さまでして。黒木屋の主人である惣右衛門《そうえもん》さまの母親でございます」

「ふうむ、要するに、死に方に不審があるので、死因を調べてほしいということだな。

自身番には届けたのか」

「いえ、まだお届けはしておりません。旦那さまのお考えは、先生にまず検分していただいてからにしよう、ということでございまして。もちろん、変死ということであれば、自身番にお届けしなければなりませんが」

喜三郎が苦渋の表情になる。

伊織も黒木屋の苦境はわかった。

もし変死として自身番に届け出ると、町奉行所の役人の検使を受けなければならない。そのわずらわしさは並大抵ではなかった。

そこで、蘭方医に病死と診断してほしいのであろう。

もちろん、伊織は黒木屋の意向に迎合するつもりはなかったが、死んでも立ったままという状況に興味がつのる。もしかしたら、謀殺かもしれないという疑いも芽生えていた。

「場所は黒木屋か」

「へい、店の奥にある、ご隠居さまの部屋でございます」

「ふむ、そうか。さいわい待っている患者はいない。では、これから行こう」

「先生、お供します」

春更が勢いこんで言った。

伊織が風呂敷包に目をやり、からかう。

「そなたは、仕事があるのではないのか」

「いえ、わたしは弟子ですから、こういうときこそ、薬箱を持ってお供をしませんと」

春更がややむきになって言いつのる。

日頃から、春更は伊織の弟子と称していた。

実際には、治療や手術にはまったく役に立たない弟子だったが、伊織は検屍などの際には、薬箱持ちとして同行を許してきたのだ。

いっぽう、春更は検屍などの現場に興味があるらしい。戯作のネタにしたいという下心もあるようだった。

伊織が出かける準備をはじめたのを見て、お松は泣きそうな顔をしている。昼飯の予定が狂ってしまい、途方に暮れているようだ。

気づいた伊織が声をかけた。

「昼飯は戻ってから食べる。そなたは遠慮なく、先に食べるがよい。もし診察や治療を求める人が来たら、往診に出かけていると言って、待ってもらってくれ」

「へい、わかりました。では、行ってらっしゃいませ」

「お松ちゃん、これをあずかっておくれ」

春更が風呂敷包を託した。

二

黒木屋の手代の喜三郎、沢村伊織、それに薬箱をさげた春更が路地を木戸門のほうに向かっていると、ちょうど路地に入ってきた男が、

「古骨《ふるぼね》買おう、古骨はございい」

と、声を張りあげた。

古傘《ふるがさ》買いの商人だった。

天秤棒《てんびんぼう》の前後に、油紙が破れた傘などを束ねて吊るしている。買い取った古傘は古傘屋に送られ、ここできれいに洗浄されたあと、傘屋に納入される。そして、傘屋で新しく油紙を張り、張替傘《はりかえがさ》として売りに出すのだ。

古傘買いの男とすれ違い、木戸門を抜けると、須田町の通りである。

通りには多くの人が行き交っていた。いつもと変わらぬにぎわいである。

そんなにぎやかさのなかにあって、黒木屋は板戸がすべて閉じられていた。まるで、深夜の商家の光景である。

死人が出たので、臨時休業にしたようだ。両隣の店に多くの人が出入りして活

気があるだけに、ひっそりとした黒木屋はまるで空き店《だな》のように見える。

軒先に掛けられた看板には、

似顔人形茶番道具
黒木屋
踊道具怪談物品々

と書かれていた。

看板の文句を読んでも、ほとんどの人がなんの店かはわかるまい。

しかし、店先に並んだ竹光の刀や、木製の生首、笠、傘、各種の器《うつわ》、そして吊りさげられた幽霊を見れば、ここが芝居や祭で用いられる諸道具を売る店とわかるであろう。

だが、いまはその諸道具も板戸で隠されていた。

喜三郎が腰をかがめ、板戸の隅にある潜《くぐ》り戸を叩いた。

「あたしだよ。喜三郎だよ」

「へ～い」

内側から潜り戸が開けられ、丁稚《でっち》らしい少年が顔を出した。

「どうぞ、お入りください」

喜三郎がそう言ったとき、声がかかった。

「おい、どうしたんだい。急に休みにしたようだが」

近所の商家の奉公人のようだ。黒木屋の臨時休業が気がかりなのであろう。

喜三郎は困りきった顔で、

「いえ、ちょいと取り込み事がありましてね。あとで、ご挨拶にうかがいますので、そのときに、へい」

と応対しながら、伊織と春更をうながす。

伊織が腰をかがめて潜り戸をくぐり、中に入ると、板戸を締めきっているため薄暗かった。

店内に、いろんな物が所狭しと並べられている。

春更があたりを見まわしながら、さっそく疑問を呈した。

「幽霊がいないようですが」

「いま貸しだしていましてね」

「ほう、あんな物を借りる人がいるのですか」

「宴席の余興で、みなを驚かせるのでしょう」

「なるほど」

伊織は喜三郎の説明を聞きながら、薄暗いなかに白い着物の幽霊がぶらさがっていたら、さぞ不気味であろうと思った。

「どうぞ、こちらへ」

喜三郎が丈の長い暖簾《のれん》をくぐった。

暖簾で仕切られた奥に、廊下が走っている。

廊下を進むと、作業場があった。

外に面した障子を開け放っているので、作業場は明るい。数人の職人が鑿《のみ》で木材を削るなど、黙々と作業をしているのが見えた。まさに看板にあった、似顔人《にがおにん》形《ぎょう》、茶番道具、踊道具《おどりどうぐ》、怪談物を製作しているようだ。

さらに進むと、台所や便所があった。台所の隅に数人の女中や下女らしき女が集まり、なにやら小声で話をしているのが見えた。

「旦那さま、先生をお連れしました」

喜三郎が廊下から、座敷の中に呼びかける。

すぐに障子が開き、羽織姿の男が廊下に出てくるや、

「惣右衛門でございます。突然のお願いをお聞き届けいただき、ありがとう存じます」

と、丁重な辞儀をした。

障子が開くと同時に、煙草の煙が廊下に漂い出る。喜三郎の帰りを待ちながら、惣右衛門は立て続けに煙管《キセル》をくゆらせていたのであろう。

三十代の後半で、分厚い唇が目立つ。しかも、しゃべっていないときも、ポカンとまではいかないが、かすかに唇が開いていた。

目はいわゆるぎょろ目で、まともに見つめられると、なんとなく、ねめつけられているかのようだった。

＊

惣右衛門が先に立ち、伊織と春更を案内する。

「こちらでございます」

障子を開けて入ると、六畳くらいの座敷だった。畳の上にじかに、女が仰向けに寝ている。

顔には血の気がなく、両目はかっと見開いたままだった。口は半開きで、驚愕と苦悶《くもん》が混じった表情である。死の直前に受けたであろう衝撃と苦痛を、そのままとどめていた。

「お袋でございます。名は、菊《きく》と申します」

伊織はそばに腰をおろし、まずは脈を確かめようとして、すぐに異様さに気づいた。

お菊の両手は左胸の上にあった。しかも、左手、そしてその上に右手という具合に押しあてられていたのだ。

もちろん脈はなかったが、伊織が驚いたのは両手が硬直しており、動かせないことだった。

（すでに死後硬直が極度に達している）

不審がつのる。

いったい、死んだのはいつか。

もしかしたら、巧妙な偽装なのではあるまいか。

伊織は慎重に言った。

「立ったまま死亡していた、とのことでしたが」

「はい、あたくしが駆けつけたとき、立っていました。ひと目見ただけで、様子が変なのはわかりました。

　そこで、あたくしが、

『おっ母さん、おっ母さん』

と、肩に手をあてて揺すったところ、ぐらりと倒れかかってきました。あたくしがあわてて抱きとめ、こうして寝かせたのです。

　まさか、もとのように立たせるわけにはいきませんので、こうして寝かせておいて、先生を呼びにやったわけでございます」

「なるほど」

　うなずきながら、伊織は続いて、もっとも重要な質問を投げかける。犯罪か、そうでないかを判定する分かれ目ともなる質問だった。

「それは、何ン時《なんどき》ですか」

「女中のお道《みち》が呼びにきたのが、四ツ（午前十時頃）過ぎだったでしょうか」

　伊織は時刻を頭に刻みこむ。

　いまが九ツ（正午頃）前なので、死後、一ッ時《いっとき》（約二時間）弱ということになろう。すぐに伊織を呼びにこなかったのは、お菊の死がわかってから、そのあとどうするか、惣右衛門が苦慮していたからだろうか。

「では立っていた状態は、あとでくわしくお聞きしましょう。まずは全身を検分していきます。着物を脱がせなければなりませんので、お手伝いいただきたい」

伊織は、惣右衛門に了解と助力を求めた。

横から春更が申し出る。

「わたしが手伝いますが」

「母親の身体に直《じか》に触れるわけだから、ここはご子息にやっていただこう。薬箱から虫眼鏡を出してくれ」

伊織がやんわりと断った。

本来であれば、弟子である春更に手伝わせたいところだが、その不器用さはかえって混乱を引き起こしかねなかった。伊織も、春更の手先の不器用さにはあきれていたのだ。

（おや、なぜ、こんなところに壺が？）

そのとき、伊織は死体の頭部のそばに、口の広い壺が横倒しになっているのに気づいた。

にわかに、頭部を壺で殴られた疑いが浮上する。

「この壺は、なぜ、ここに横倒しになっているのですか」

「さあ、わかりません。

以前、おっ母さんがその壺に花を活けていたのを見た覚えがありますが、なぜ、そこに転がっているのかは見当もつきません。

もしかしたら、おっ母さんは死ぬ直前、壺を抱えていて、畳の上に取り落としたのかもしれません」

「ふうむ、それも考えられますな」

伊織は虫眼鏡でお菊の頭部を子細に点検したが、殴打の痕《あと》はなかった。

また、壺の表面も虫眼鏡で眺めたが、血痕や毛髪などは見つからない。

ひっくり返して壺の底をながめたとき、口からポロリと黒い小さな点が畳の上に落ちた。

伊織は念のため、薬箱から鑷子《せっし》と呼ばれるピンセットを取りだした。そして、鑷子で黒い点をつまんだ。

虫眼鏡で見ると、鼠《ねずみ》の糞《ふん》のようだった。いちおう懐紙に包む。

「それは、なんでございますか」

惣右衛門がぎょろ目を向けてくる。

伊織が言った。

「鼠の糞のようです。戻すわけにはいかないので、紙に包みました。あとで、捨てましょう」

「畏れ入ります」

伊織は壺を立てて、畳の上に置いた。

（この壺は凶器ではないな）

壺が畳の上で横倒しになっていた理由は不明ながら、凶器として使われた可能性を排除した。

「肌をあらわにしたいのです」

伊織が惣右衛門に言い、ふたりでお菊の着物を脱がせにかかるが、全身の関節が硬直しているため、襟《えり》を広げ、袖《そで》や裾をまくるのがやっとだった。

それでも、首筋に、手や紐《ひも》で絞めた痕はないのが認められた。絞め殺されたのではない。

全身をあらためたが、出血はもちろん、内出血の痕跡もなかった。刃物で刺し殺されたのでも、殴られたり蹴られたりして殺されたのでもない。

湯文字をめくり、太腿の内側や陰部も検分したが、性的な暴行を受けた痕跡もなかった。

「とくに外傷はありませんね。

　では、立ったまま死んでいた状態について、うかがいましょう。第一発見者は誰ですか」

「お道という女中です。そのとき、あたくしは店の帳場に座っていたのですが、お道が真っ青になってやってきて、

『旦那さま、大変です、ご隠居さまが』

　と言いましてね。

　あたくしはピンときまして、あわててここに駆けつけると、お袋が立ったまま、事切れていたわけでございます」

「なるほど。では、そのお道どのに話を聞きたいですな」

「わかりました。呼びましょう。

　おい、お道を連れてきなさい」

　惣右衛門が喜三郎に命じた。

　喜三郎が去ったあと、伊織はあらためて死体の顔を眺めた。切髪とも後室髷《こうしつまげ》とも呼ばれる髪型で、後家なのがわかる。つまり、惣右衛門の父親はすでに死去し

ていることになろう。

しかし、お菊は五十歳前後に見える。子どもである惣右衛門の年齢とつりあわない。

「お菊どのは、お手前の母親なのですね」

伊織が確かめる。

惣右衛門は相手の不審の理由に、すぐに気づいたようだった。

「あたくしの実の母親は、早くに死にましてね。お父っさんは後添えをもらったのです。ですから、お菊は、あたくしの継母《ままはは》になります」

「ははあ、なるほど」

伊織は納得する。

武家でも商家でも、妻を亡くした男が後妻を迎えるのはごく普通だった。

伊織はふと、惣右衛門の亡くなった父親と後妻のお菊のあいだに、子どもがいるのかどうか気になった。だが、質問は遠慮した。

そこまで質問すると、不審死の尋問になってしまう。伊織は町奉行所の役人ではない。

依頼されたのは、あくまで死因の診断だった。

三

喜三郎が十五、六歳の女を連れてきた。

仕着せの着物に、浅黄木綿《あさぎもめん》の前垂れをしている。緊張しているのか、うつむきかげんだった。

「こちらは、お医者さまだ。てめえが見たことを正直に申しあげろ。わしに遠慮することはないぞ」

惣右衛門がうながす。

お道は下を向いたまま、「へい」と返事をしたが、ようやく聞き取れるほどの声である。

沢村伊織は、お道の聞き取りが難航するであろうことを予想した。

「そなたは、なぜ、この部屋に来たのか」

「へい、ご隠居さまに、

『いまの仕事が終わったら、あたしの部屋に来ておくれ』

と、言われたものですから」

「なんの用だったのか」

伊織は自分でも、尋問口調になっているなと思った。町奉行所の定町廻り《じょうまちまわ》同心の鈴木順之助《すずきじゅんのすけ》や、岡っ引《おかぴき》の辰治《たつじ》と付き合ううち、知らず知らずのうちに感化されているようだ。

「わかりませんです」

お道は途方に暮れている。

横から惣右衛門が言った。

「おそらく、着物の入れ替えを手伝わせるつもりだったのではないでしょうか。これまでも、女中に手伝わせて、簞笥《たんす》の中身を出して広げているのを、あたくしは見たことがございますから」

「なるほど」

伊織は壁際《かべぎわ》に、二棹《さお》の簞笥が置かれているのに目をやった。

お菊はかなりの衣裳持ちだったのであろう。

「そなたは廊下を通って、この部屋の前まで来たわけだな。それから、どうした」

「へい、廊下でお声をかけたのですが、返事がありません。そこで、

『ご隠居さま、開けますよ』

と声をかけて、障子を開けたのです。

部屋の中に入ると、ご隠居さまはそこに立っておられました」

お道が簞笥の横を指さした。

しゃべるにつれ、だんだんと舌がなめらかになっていく。伊織としてはひと安心だった。

ふと思いつき、伊織が春更に言った。

「そのほう、簞笥の横に立ってみてくれ」

「はい、かしこまりました」

にわかに春更が張りきりだした。ようやく、自分の出番がまわってきた気分だろうか。

お道が指さした場所に、春更が立つ。簞笥と柱のあいだにある一角だった。

「どうだ、恰好はあんなものか」

「へい、もっと簞笥に寄りかかる恰好だった気がします」

続いて、伊織は惣右衛門にも確かめる。

「お手前が見たとき、お菊どのの恰好はどうでしたか」

「壁に背中をつけていましたな」

さらに、お道と惣右衛門のふたりの証言をもとに、春更が立ち位置や姿勢を修正する。

「そうです、そんな恰好でした」

お道と惣右衛門が、最終的に合意した。

その結果、お菊は背中を壁、右肩を箪笥にあずけて立っていたことがわかった。顔はやや下向きで、両手で左胸を押さえていた。いま、そのとおりの恰好で春更が立っている。

ただし、春更が唇を引き結び、目をむいて、断末魔の表情をしているのは、いささかやりすぎの感があった。

「ああいう恰好で、お菊どのは立っていたわけだな。お菊どのを見て、そなたはどうしたのだ」

伊織が質問を続ける。

お道は情景を思いだしたのか、かすかに身震いをした。

「へい、あたしはびっくりして、

『ご隠居さま、どうなされました』

と声をかけたのですが、返事はありません。それどころか、身体はピクリともせず、目はじっと下のほうを見ているではありませんか。あたしはゾーッとしまして、あわてて帳場にいる旦那さまにお知らせしたのです」

「そのとき、立ったままのお菊どのの身体に手を触れたか」

「いえ、滅相もございません。見ただけで、ご隠居さまが普通ではないのはわかりましたから。ともかく、旦那さまにお知らせしようと思いまして」

お道の話を聞き終え、伊織はまだ春更が立ったままなのに気づいた。

本人は一生懸命なのであろうが、芝居がかった姿勢と表情を続けていた。伊織はおかしさをこらえる。

「もう、座ってよいぞ」

「助かった。ちょっと足がつりそうになってきたところでした」

春更が手足を伸ばす。

伊織が惣右衛門に言った。

「そして、お道どのの知らせを聞き、お手前は帳場を立って、ここに駆けつけたわけですな」

「さようです」

「さきほど、お道どのから知らされたとき、『あたくしはピンときまして』と申されていましたな。なにがピンときたのですか」

「ああ、あれですか。

お袋はここ数年、目眩《めまい》がしたり、急に胸が苦しくなったりと、体調がすぐれませんでね。立ち暗みがして倒れたこともございました。そんなことがあったものですから、あたくしはてっきり、お袋が倒れたと思ったのです」

「医者にはかかっていたのですか」

「はい、往診していただいているお医者から、八味地黄丸《はちみじおうがん》などを処方してもらい、呑んでおりました。お医者からは、

『胸がドキドキするようなことは、できるだけ避けなさい』

と言われていたようですがね。これは冗談でしょうが、

『房事《ぼうじ》も避けたほうがよろしいですぞ』

と言われたとか。

お袋は怒っていましたよ。後家ですからね。

そんなわけで、ちょっとしたことで倒れるおそれがあったのです」

「なるほど」

伊織は、死因は心筋梗塞《しんきんこうそく》であろうと判断した。いわゆる突然死である。

そこで、わかりやすく説明する。

「全身を検分しましたが、外傷はありませんでした。お菊どのは心臓が弱っていたようです。そのため、なにかに驚いたか興奮したのがきっかけで、突然、心臓の動きが止まったと思われます。いわゆる頓死《とんし》です。

ただし、不可解なのは、お菊どのが立ったまま死んでいたことです。

それまで立っていた人間は、心臓が停止すれば、その場にくたくたと、くずおれるはず。

さらに奇妙なのは、お菊どのの全身が硬直していることです。左胸を押さえた両手は固まっており、押しても引いても動きません。

普通、死んで間もない死体の手足は、人が自由に動かせるはずなのです」

伊織が死後硬直について説明する。

死体は死後一ッ時（約二時間）ほどして、局部的に死後硬直がはじまり、その後は徐々に進行し、およそ半日で硬直は最高度に達する。

最高度に達したあとは、硬直は徐々に緩和していく。そして、およそ二日後には硬直は完全に解けるが、いっぽうで腐敗が進行する。

「ところが、お菊どのは死の直後に……というより、死と同時にと言ってもよいかもしれませんが、死後硬直しました。全身が死亡時の形のまま、木のように硬くなったのです。

亡くなったとき、たまたま立っていたのがあの場所だったため、簞笥で肩を支え、壁で背中を支えることができ、立ち続けていたと思われます」

惣右衛門の分厚い唇は開いたままだった。母親の死を奇怪と指摘され、苦悩しているのがうかがえる。

伊織が言った。

「お手前は、『弁慶《べんけい》の立《た》ち往生《おうじょう》』は、ご存じですか」

「言葉は聞いたことがありますが、くわしくは知りません」

話題の急変に、惣右衛門は戸惑っていた。

伊織が春更をうながす。

「こういうことは、そなたがくわしいであろう。説明してくれ」

「はい、承知しました」

春更が目を輝かせた。

＊

その場に座り直すや、春更が滔々《とうとう》と語りだした。

「源義経《みなもとのよしつね》が鵯越《ひよどりごえ》の奇襲や屋島《やしま》の戦い、壇ノ浦《だんのうら》の戦いなどで活躍し、平家追討に大功があったのは有名です。

ところが、讒言《ざんげん》などもあって、兄頼朝《よりとも》は弟の謀反《むほん》を疑い、ついには義経討伐の軍を起こしました。

義経は、弁慶などわずかな部下を連れて奥州に逃れ、平泉《ひらいずみ》の藤原秀衡《ふじわらのひでひら》を頼りました。この逃避行のとき――いわゆる北国落ちですが――義経主従は怪しまれないよう、山伏《やまぶし》姿に身をやつしたとされています。

義経に従う家来は、謡曲『安宅《あたか》』では十六人、歌舞伎『勧進帳《かんじんちょう》』では弁慶と四天王の、合わせて五人となっております。『勧進帳』で、弁慶が主君義経を折檻《せっかん》する場面は有名ですな。

義経の一行は平泉にたどりつき、藤原秀衡の庇護を受けました。

頼朝は藤原氏に対し義経の引き渡しを再三要求したのですが、秀衡は拒み続けました。ところが、その秀衡が死に、子の泰衡《やすひら》が跡を継ぐと、鎌倉幕府の圧力に屈してしまいます。

泰衡は軍勢を率い、衣川《ころもがわ》の館《たて》にいた義経を襲撃しました。

もう逃れられないと見て、義経は妻子とともに自害し、三十一歳の生涯を終えました。文治《ぶんじ》五年（一一八九）のことです。

この衣川の戦いについて、『義経記《ぎけいき》』では、弁慶以下八人が、藤原勢二万余人を防いで戦い、次々に討ち死にしたことになっております。

しかし、いくらなんでも八人で二万人を防ぐなどは、誇張でしょうね。話をおもしろくするための、荒唐無稽《こうとうむけい》な脚色と言ってもよいでしょう。

それはともかく、『義経記』によりますと、黒糸縅《くろいとおどし》の鎧を身にまとった弁慶が、義経に心静かに自害させるべく、最後まで敵の軍勢を防いで奮戦し、身に数十本の矢を受けながらも、長刀《なぎなた》を杖《つえ》にして立ち往生をしたと書かれております。

つまり、弁慶は長刀を杖にして、立ったまま死んだのです。これを、世に『弁慶の立ち往生』と呼んでおります」

惣右衛門と喜三郎、それにお道がふーっと息を吐いた。三人は手に汗を握り、春更の熱弁に聞き入っていたらしい。

「ほほう、弁慶は立ったまま死んだのですか」

惣右衛門が感に堪《た》えぬように言った。

やおら伊織が説明をはじめる。

「長刀という支えがあったため、死んでも立ったままだったということでしょうな」

続いて、弁慶は多数の敵を相手に奮戦し、筋肉を極限まで緊張させた状態のときに死亡した。そのため、筋肉は弛緩《しかん》する余裕がなく、そのまま死後硬直の状態になったと思われる、と伊織が解説した。

惣右衛門が疑問を発する。

「弁慶は多数の敵を相手に獅子《しし》奮迅《ふんじん》の働きをしているときに死んだので、立ち往生になったのでございますな。なんとなく、わかります。

ところが、お袋はそんな状況ではないのに立ち往生をしたことになりますが」

「たしかに、解《げ》せない面はあります。しかし、心臓が弱っていたことが原因でしょうね。

さきほども申しあげましたが、なにかに驚くか興奮して、全身の筋肉が硬直したときに、心臓が停止したと思われます。

ただし、現場を見た人間がいないので、お菊どのがなにに驚いたのか、興奮したのかは不明です」

そのとき、伊織は惣右衛門がさきほど、母親が壺を取り落としたのではないかと述べたのを思いだした。

たしかに、きっかけになりうる。

状況から見て、もっとも納得がいく説明であろう。はからずして、惣右衛門は母親の死因を説明していたことになろうか。

「もしかしたら、原因は畳に転がっていた壺かもしれません」

「えっ、この壺ですか」

「これは、あくまで私の想像ですが、お菊どのは壺を動かそうとしていて、うっかり手が滑り、下に落としてしまったのかもしれません。ハッとして、全身を緊張させたとき、急に胸苦しくなったのです。

そう考えると、壺が横倒しになっていたのも説明できますし、お菊どのが両手で左胸を押さえていたのも説明できます」

「なるほど、茶碗や皿などを持っていて、うっかり手を滑らせて下に落としそうになり、

『あっ、割れる』

と、ドキッとすることがございますな。あたくしも経験がございますが、たしかに一瞬、心臓が苦しくなり、全身が竦《すく》んだ感じになります」

惣右衛門は何度もうなずいた。

ようやく、母親の突然死に得心がいったようである。

伊織がふと目をやると、春更も得心がいったようにうなずいているが、なにか別なことに心を奪われているようだった。

「すると、先生、お袋は病死ということですね」

「はい、さようです。変死ではありません」

「すると、自身番には届けずともようございましょうか」

「私は須田町の慣例は知らないので、なんとも言えませんが、自身番に届けたときは、医者が病死と診立《みた》てたと告げてはどうですか。私の名を出してもかまいませぬぞ」

「はい、ありがとう存じます。では、これから、さっそく葬礼の手配をいたします」

「念のため申しあげておきますが、お菊どのの遺体は硬直しているので、早桶《はやおけ》に詰めるのに難儀するはずです。硬直が解けるのを待ったほうがよいかもしれません」

「はい、なにからなにまで、お心遣い、ありがとうございます」

「では、帰ろうか」

伊織が春更に合図する。

ふたりが店を出るところまで送ってきた惣右衛門が、最後に言った。

「今日のお礼は、後日、落ち着いてから、お届けにまいります」

四

「ご新造《しんぞ》さま」や「ご新造さん」と呼びかけられるのに、お繁《しげ》はようやく慣れてきたところだった。

しかし、若いとはいえ、自分よりあきらかに年上の男に、

「ご新造さんでございますか」

と丁寧に挨拶されると、やはりまだ気恥ずかしさがあるようだ。

お繁はかすかに頰を染め、三和土《たたき》に立った男に、

「はい、さようでございますが」

と答えた。

襷《たすき》をして袖をたくしあげ、藤色の前垂れをしていた。前垂れは縮緬《ちりめん》製で、嫁入り道具のひとつとして持参したものだった。

髪は丸髷《まるまげ》に結っていたが、いかにも初々しい。若さが匂い立つようだった。

男は腰をかがめるや、

「お聞き及びかもしれませんが、わたしは春更と申しまして、先生の押しかけ弟子でございます。不肖の弟子でもあるのですが」

と自己紹介する。

三和土からあがると八畳の部屋で、ここが待合室兼診察・治療室だった。

沢村伊織はちょうど患者の診察中だったが、玄関先の声を聞き、ちらと視線を向け、お繁と春更に軽くうなずいてみせた。

お繁が勧める。

「どうぞ、おあがりください」

「では、待たせていただきます」

あがりこんだ春更は、上框《あがりかまち》の近くに座った。

いつもなら、ずかずかと伊織のそばまでやってくるのだが、お繁とは初対面とあって、遠慮しているらしい。

お繁は受付係や、伊織の助手の役割も果たしていた。相手が患者であれば、夫の診察に先立ち、症状を尋ねたりするのだが、すでに伊織から春更のことは聞かされていたので、患者扱いはしない。

伊織がちらと目をやると、春更とお繁がなにやら話をしている。

(ははん、春更はお繁が目あてだったんだな)

伊織は湧きあがる笑みを噛み殺す。

上框にとどまったのは、遠慮ではなく、お繁と話をしたかったのであろう。

突然、お繁が快活な笑い声をあげた。

春更がなにか剽軽《ひょうきん》なことを言ったらしい。それにしても、すぐに人の心の垣根を乗り越える男だった。

伊織は玄関先の様子を頭から追いだし、目の前の三十代なかばの女に説明する。

「頭痛にもいろいろありますが、ズキンズキンと脈打つような強い頭痛が、発作的に起きるということでしたな」

「はい、さようです」

「ときどき吐き気もあるということなので、呉茱萸湯《ごしゅゆとう》という煎じ薬を用意しました。

お繁、二階から持ってきてくれぬか。紙包みの表に、呉茱萸湯と書かれている」

「はい、かしこまりました」

伊織の求めに応じ、お繁がすぐに立って、八畳の部屋の奥にある台所に向かう。

台所の右端にある階段で、お繁は二階にあがる。

二階に、いわば調剤室があった。各種の生薬を収納した薬簞笥が置かれ、伊織はここで、薬研《やげん》などを用いて薬を調合する。

すでに昨日のうちに、大棗《たいそう》、呉茱萸《ごしゅゆ》、人参《にんじん》、生姜《しょうきょう》を配合して、呉茱萸湯を作っておいたのだ。

ややあって、

と、お繁が紙包みを持参した。

「これですか」

伊織は上書きを確認する。

上書きの呉茱萸湯には、お繁に覚えさせるためもあって、平仮名で読み仮名をつけていた。

「うむ、これだ。

よろしいですか、中に小包みが三つ、入っています。小包みひとつが一日分です。一日分を煎じたら、その日のうちに二、三回に分けて飲んでください。ただし、かなり苦いですぞ」

「苦いのですか。では、あとで甘酒を飲んでもいいでしょうか」

「薬を飲んだあとであれば、よいでしょう。ただし、薬と甘酒を混ぜてはいけませぬぞ」

「はぁ、そうですか」

女は内心、煎じ薬に甘酒を混ぜ、口あたりをよくするつもりだったらしい。伊織に計画を見抜かれて、ややがっかりしていた。

「甘辛いはあっても、甘苦いはありませんからな。おそらく、呉茱萸湯と甘酒を混ぜて飲むと、吐きだしてしまうと思いますぞ」

「わかりました。では、我慢して苦い薬を飲み、そのあとで口直しに甘酒を飲むようにします」

女が礼を述べ、立ち去るのと入れ違いに、春更が伊織の前にやってきた。

「次の一の日が待ちきれなかったものですから」

　春更が、湯島天神門前の伊織の家にまでやってきた理由を述べる。

「それは表向きで、私の女房はどんな女だろうかと、興味津々だったのではないのか」

「いえ……はい、もちろん、ご新造さんにご挨拶をしたいなと思っておりましたが、いや、ご挨拶をしなければならないと存じておったのですが、今日は先生に用事があったこともあり、そんなわけで」

　春更がしどろもどろになる。

　伊織は笑いだした。

「冗談だ、弁解しなくともよい。

　ところで、急用か」

「はい。わたしは、黒木屋の立ち往生の謎が解けた気がするのです」

「お菊どのの件か」

「はい、これから、お話ししてよろしいでしょうか」

「うむ、とくに待たせている患者はいないからな。かまわぬぞ。

お繁、茶を頼む」

すぐに茶が出る。

待っている患者には茶を出すため、台所では常に湯を沸かしていたのだ。

さらに、お繁はふたりの前に厚く切った羊羹《ようかん》を出した。

門前町の菓子屋で作っている羊羹で、今朝ほど、患者が謝礼に持参したものである。ともあれ、お繁が春更に好感を抱いているのがうかがえる。

「ほほう、練羊羹《ねりようかん》ですね。うまいですな。練羊羹を口にするなど、十年ぶりくらいかもしれません」

春更が讃嘆する。

羊羹には蒸羊羹と練羊羹があるが、練羊羹のほうがはるかに高価だった。

「門前の小川屋《おがわや》と言う菓子屋の羊羹だそうだ」

伊織は、さきほどお繁から仕入れた知識を披露する。

門前町で生まれ育ったお繁にすれば、子どものころから馴染んだ味であろう。

「ほう、湯島天神門前の小川屋ですか。どうりでこの歯で嚙みきるときの、甘みが染みだしてくる感じがなんとも言えませんね」

春更は小川屋を知っていた。

いまでこそ春更は裏長屋で独り暮らしをしているが、本来は幕臣の家に生まれた。旗本の三男坊として屋敷に住んでいたころは、練羊羹を口にすることもあったのであろう。

＊

羊羹を食べ終え、茶を呑んだあと、春更が話しはじめた。

「先生、黒木屋の事件は、完全犯罪だったのではないでしょうか」

「完全犯罪？」

「わたしの造語なのですが、『犯罪であることの痕跡をまったく残さない犯罪』と言いましょうか。要するに、人殺しの痕跡をまったく残さない殺人です」

「殺人……では、お菊どのは殺されたというのか」

「はい、わたしはそういう疑いを持ったのです」

「ということは、私の診断は間違っていたことになるが」

さすがに伊織も眉をひそめる。

春更があわてて言った。

「いえ、先生の診断は間違ってはいません。先生の診断は正しいのです。お気を悪くなさらないでください。わたくしの言い方が不正確でした。

医者の正しい診断をかいくぐるからこそ、完全犯罪なのです。そこが、黒木屋の事件の核心でしてね。

ともかく、わたくしの推理をお聞きくださいますか」

「うむ、聞こう」

「お菊どのがなぜ、頓死したのか。それは、頓死するよう仕向けた者がいたのではあるまいかと考えたのです。

つまり、完全犯罪をたくらんだ人間がいたのです。

その人間は、お菊どのの心臓が弱っているのを知っていたはずです。ということは、黒木屋の内部の人間ということになりましょう。とりあえず、その人間を『甲右衛門《こうえもん》』としましょう。よろしいでしょうか」

「うむ、よかろう」

伊織はうなずきながら、黒木屋の主人の惣右衛門を暗示しているのかなと思った。しかし、口にはしない。

同時に、同心の鈴木順之助を思いだした。鈴木も捜査の段階で、容疑のある人間にやたらと甲とか乙とかの仮名をつける癖があった。

「甲右衛門は、心臓の弱っているお菊どのを驚倒《きょうとう》させ、頓死に追いこむ巧妙な策を思いつきました。まさに魔性の知恵と言いましょうか。

黒木屋の店先に吊りさげられている幽霊人形です。

あの日、甲右衛門はお菊どのがひとりで部屋に入ったのをみすまし、突然、幽霊人形を目の前に突きだして、驚かせたのです。

結果は、われわれが見たとおりでした。お菊どのは仰天して心臓が止まり、弁慶の立ち往生状態で死にました」

「おいおい、戯作としてはおもしろいかもしれぬが、それでは筋が通らない。

たしかに、幽霊人形が突然目の前に現れたら、心臓が弱っていたお菊どのが頓死したとしても不思議ではない。

しかし、そもそもあの日、幽霊人形は黒木屋にはなかった。貸しだされていたのは、そなたも手代の喜三郎どのから聞いたであろうよ」

つい、伊織の口調も叱責《しっせき》に近くなる。

春更は怯《ひる》むことなく、自信満々で反論する。

「そこです、そここそが完全犯罪の要《かなめ》であり、甲右衛門の悪巧みなのです」

「甲右衛門には、『乙吉《おつきち》』という知り合いがいました。もちろん、乙吉も仮名でです。甲右衛門は乙吉を手駒に使ったのです。
甲右衛門はひそかに乙吉に、
『幽霊人形を四、五日のあいだ、借りだしてくれないか。酒宴の余興に使うとか
なんとか、理由は適当につけてくれ。借り賃はもちろん、俺が出す。謝礼も別途、
払うぞ』
と、頼みました。
そして、乙吉がいったん人形を借りだすと、甲右衛門はひそかに回収し、手近
な場所に隠しておいたのです。
あの日、黒木屋に幽霊人形はありませんでした。しかし、実際には甲右衛門の
手元に隠されていたのです。
甲右衛門は機会をみすまし、幽霊人形を使って目的を遂げると、ひそかに乙吉
に渡したのです。
その後、乙吉は何事もなかった顔をして、黒木屋に返却にきたのでしょうね。
いま黒木屋の店先には、以前と同様、幽霊人形がぶらさがっております。

これが、完全犯罪の真相と言えましょう」

言い終えて、春吏が茶碗に手をのばす。熱弁で、さすがに喉が渇いたようだ。

いつしか、そばに座って聞き入っていたお繁が、

「お芝居みたいなことが、本当に起きたんですね」

と、感想を述べる。

そんなお繁に、春吏が人懐《ひとなつ》こい笑みを見せる。熱心な読者を得た戯作者の気分だろうか。

しばらく考えたあと、伊織が口を開いた。

「うむ、たしかに筋は通るな。しかし、甲右衛門と乙吉が手を組んでいたという証拠がないではないか。そもそも、乙吉がどこの誰だか知れないのでは、確かめようもない。

そなたの想像に過ぎないぞ」

「そこは、抜かりはありません。手代の喜三郎どのに、誰が幽霊人形を借りたのか、聞きだしたのです。

貸し出しの手続きをしたのは番頭だったので、喜三郎どのはくわしいことは知

らなかったのですがね。乙吉が返却にきたとき、店で大騒ぎを演じたそうでしてね。それで、喜三郎どのも知ったのです」

「店で大騒ぎとは、どういうことだ」

「人形を借りたのは吉原の幇間《ほうかん》だったそうですが、返却日が期限を過ぎていたのです。そこで、番頭が延滞金を求めたところ、幇間が怒りだしましてね。

『てやんでえ、こっちは、ちゃんと約束の日に返しにきたんだ。ところが、板戸に忌引《きびき》の札を貼って、店を閉めていたじゃねえか。こちとらは遠慮して、そっとそのまま帰ったのだ。そして、今日、また吉原からわざわざここまでやってきた。人に二度手間をとらせやがって、さらに金までふんだくるとは太《ふて》え了見だ。本当なら、そちらから迷惑料を払ってもおかしくないぜ』

　と、言うわけです」

「まあ、怒るのも一理あるな」

「そこで、主人の惣右衛門さんが乗りだしまして、番頭の不手際を謝り、詫びに幾ばくかの金を包んで渡し、引き取ってもらったそうです」

「ふうむ、しかし、その幇間が乙吉なら、そんな目立つことをするはずがあるまい。できるだけ人に覚えられないようにするはずではないか」

伊織が疑問を呈する。

しかし、矛盾《むじゅん》を指摘されても、春更はいっこうに動じなかった。

「甲右衛門はあえて乙吉を目立たせ、お菊どのが死亡した日には幽霊人形が貸しだされており、黒木屋にはなかったことを、人々に印象づけたのです。かくして、完全犯罪は完成したわけです」

「ふうむ」

伊織はやや強引な論法だと感じた。牽強付会《けんきょうふかい》と言ってもよいかもしれない。

春更が言葉を続ける。

「わたしは吉原に行き、その幇間に会ってこようと思いましてね。幽霊人形は本当にずっと手元にあったのかどうか、確かめようと思うのです。もし、又貸しをしたりしていた事実がわかれば、わたくしの推理は証明されますから」

「そうだな……」

伊織は、もしその幇間が乙吉だとしたら、甲右衛門の依頼を、初対面の春更に打ち明けるはずがないと思った。

ふと、伊織の頭にひとりの男の顔が浮かんだ。

本当は意気地がないくせに、口先だけは達者で、芝居ッ気のある男だった。黒木屋の店先で啖呵《たんか》を切った男の姿と重なる。

「ところで、その幇間の名はわかっているのか」

「はい、信八《しんぱち》というそうです」

「ほう、やはりそうか」

伊織は自分でも、その偶然に驚いた。

あまりに出来すぎではないかと、逆に疑わしくなる。

しかし、考えてみると幇間は、あきらかな犯罪でないかぎり、金さえもらえばなんでもやる人種だった。

信八も、甲右衛門が客のひとりであれば、その依頼に疑問を持たず、ふたつ返事で引き受けたであろう。

「じつは、私はその信八とは知り合いだ」

「えっ、先生の知り合いですって」

春更が驚きの声をあげる。

伊織は不思議な縁を感じながら言った。

「うむ、私は長崎から江戸に戻ったあと、しばらく吉原で開業していた。そのとき、知りあった。信八の女房に難しい腫物《はれもの》ができて、私が切開手術をした。それが縁だ」

「ほう、それは好都合ですね。う～ん、運命を感じます。わたしの推理の正しさが裏打ちされたようなものですよ。

ともかく、乙吉は幇間の信八どのとわかりました。あとは、甲右衛門を突き止めなければなりませんが、信八どのに尋ねれば、甲右衛門の正体もわかるはずです。

わたしは明日、吉原に行くつもりですが、先生もご一緒にいかがですか」

「いや、私は遠慮しておこう」

伊織はべつにお繁をはばかったわけではない。下町育ちのお繁は、夫が吉原に行くと聞いても、とくに目くじらを立てることはないであろう。

それより、伊織は春更の推理とやらに、これ以上付き合うのはご免こうむる、という気分だったのだ。幽霊人形を驚倒の手段に用いるのは、あまりに芝居がかっている気がした。

しかし、春更が信八に会いにいくのを止めようとは思わない。気が済むようにすればよかろう。

ただし、春更が突然、訪ねていっても、信八は警戒し、容易に口は割るまい。

ここは、手を貸してやってもよかろうと思った。

「その代わり、私が手紙を書こう。いわば紹介状だ」

「それは、ありがたいですね」

伊織はさっそく文机《ふづくえ》に向かい、信八あての手紙を書いた。

書き終え、封をする段になって気づいた。

(相手は幇間だから、やはり祝儀をやらざるをえないな)

本来であれば、春更が出すべきだが、とてもそんな金銭的な余裕はあるまい。

伊織は南鐐二朱銀《なんりようにしゆぎん》を一片、懐紙に包み、封書の中におさめた。

第二章　枡落し

一

浅草側から日本堤《にほんづつみ》を歩きだした春吏は、しばらくして四ツ（午前十時頃）の鐘の音を聞いた。

吉原の遊女は、夜明け前に妓楼《ぎろう》を出る、いわゆる朝帰りの客を見送ったあと、二度寝をする。そして、四ツに起床するのが普通である。

もちろん、妓楼のほかの奉公人は早朝から働きはじめるが、遊女にとっては、四ツが吉原の本格的な朝だった。

「四ツか。ちょうどよい刻限だな」

つぶやきながら、春吏はあたりを見まわす。

日本堤は土手道のため、周囲より高くなっている。左右に広がる田んぼが見渡せるが、まだどこも土色がむきだしだった。ところどころに緑がこんもりと集まっているのは寺院であろう。

日本堤には簡易な茶店などが並んでいるが、まだ客は少ない。足早に春更を追い抜いていくのは、もっぱら天秤棒で前後に魚や野菜を担いだ行商人たちである。みな、吉原の妓楼をまわるのであろう。

左手には吉原の威容が見えていたが、すでに妓楼の屋根の上にある物干し台までもが見分けられるようになってきた。

日本堤から左にくだっていく、五十間道と呼ばれる道があった。その五十間道の先に、吉原の唯一の出入口である大門《おおもん》がある。

だが、春更は五十間道とは反対に、日本堤の右手にある細い道をおりた。

坂をおりきると、細い道は田んぼのなかをのび、人家がびっしりと建ち並ぶ一画に通じている。浅草元吉町《もとよしちょう》だった。

春更は沢村伊織に、この浅草元吉町に幇間の信八が住んでいると教えられていた。

浅草元吉町の表通りには各種の商家や、多様な飲食店が軒を連ねている。ところどころに木戸門があり、奥に裏長屋が続いていた。

通りに面して、湯屋があった。出入口がふたつあり、それぞれに、紺地に白く「男湯」「女湯」と染め抜いた暖簾が掛かっている。

「ここだな」

春更はつぶやいた。

伊織からは、「湯屋を過ぎると、紙問屋となにかの店があり、そのあいだに裏長屋の木戸門がある」と教えられていたのだ。

しばらく進むと、紙問屋があった。隣の笠・雪駄《せった》問屋との間に木戸門がある。門をくぐると、路地が奥にのび、両側には長屋があった。基本的には、春更が住む須田町のモヘ長屋と変わらない。

路地に、赤ん坊をおんぶした十歳前後の女の子がいた。赤ん坊は眠っているのか、首がぐったりと後ろに垂れている。

「幇間の信八さんの家はどこだい」

「こっちだよ」

女の子は先に立って春更を案内する。

初めて見る男に対して、女の子は親切だった。まるで警戒心がない。

春更はモヘ長屋で無料の寺子屋を開き、こうした子守の女の子に手習いを指南している。いつしか、春更には子守の女の子の警戒心を解くような雰囲気が備わっているのかもしれない。

「ここだよ」

女の子が立ち止まり、指で示した。

中から、三味線を爪弾《つまび》く音が聞こえてくる。

春更はちょっと迷ったが、財布から四文銭と一文銭を数枚取りだすと、

「ありがとうな。これで、菓子でも買いな」

と、女の子に渡す。

十文にも満たない額だが、春更にはけっこう痛い出費である。

そんなことは知る由《よし》もない女の子は、とくに礼を言うわけでもなく、ぺこりと頭をさげただけで去っていく。

明かり採りのため、入口の腰高障子は開け放たれている。

「信八さんはおいでですか」

春更は声をかけながら、土間に足を踏み入れた。

三味線がやむ。

結城紬《ゆうきつむぎ》の小袖の上に、男物のどてらをだらしなく羽織った女が、長火鉢の前で、

三味線を膝に乗せていた。

三十を超えているようだが、濃厚な色気を漂わせている。春更は、もとは吉原の遊女であろうと思った。

「亭主はいま湯屋に行っていますがね。おまえさんは?」

その口調にやや不審がある。

信八を訪ねてくるのは、もっぱら妓楼の若い者など、吉原の関係者であろう。春更の身元をはかりかねているに違いない。

「沢村伊織という蘭方医の弟子ですがね」

春更がさりげなく眺めると、部屋は十畳ほどであろうか。

入口横の台所に、食べ終えた盛蕎麦《もりそば》の蒸籠《せいろ》が重ねられていた。出前を取ったらしいが、蒸籠には数本の乾いた蕎麦がこびりついていた。

かたわらには、底に汁が残った深皿と、貧乏徳利もある。

「もうすぐ、戻ってくると思いますがね。あがって待ちますか」

「いや、しばらくして、また来ますよ」

女房ひとりのところにあがりこむのは遠慮し、春更は踵《きびす》を返す。

路地を木戸門のほうに歩いていくと、向こうから手ぬぐいをぶらさげた、三十代なかばの男がやってきた。

〽縁でこそあれ末かけて、約束かため、身をかため、世帯かためて落ち着いて、ああ、嬉しやと思うたは、ほんに一日あらばこそ……

男は下駄で路地のドブ板を踏み鳴らしながら、首を振り振りうなっている。

春更は相手の風貌を見て、声をかける。

「なかなかいい喉ですな。新内節《しんないぶし》の『蘭蝶《らんちょう》』ですか」

「おや、おめえさんも新内が好きなのかい。若いのに、話せるね。なんなら、女房の三味線で、たっぷり語ってもようござんすよ」

「幇間の信八さんですね」

「おや、あたしの新内は、それほど有名になりやしたか」

「じつはお宅を訪ね、お内儀から、お手前が湯に出かけていると聞き、ぶらぶらしながら待つつもりでした」

「へい、あたしが信八その者で、間違いはございませんがね。おめえさんは？」

「沢村伊織先生の弟子で、春更と申します。先生の手紙をあずかってきております」

「へいへい、あの先生は忽然と吉原から姿を消してしまい、あたしは唐天竺《からてんじく》にでも学問修行に出かけたかと思っていましたよ。

まあ、立ち話もできません。汚いところですが、寄ってくださいな。あ、そうか、あたしが言うまでもなく、信八の口ぶりは陽気で剽軽《ひょうきん》だった。

初対面にもかかわらず、信八の口ぶりは陽気で剽軽だった。

信八が先に立ち、春更を案内する。

*

信八と春更が長火鉢を間にして向きあって座るや、

「あたしは湯へ行ってくるよ」

と、女房が手ぬぐいと糠袋《ぬかぶくろ》を手にして、さっさと出ていく様子である。

どてらは畳の上に脱ぎ捨てられていたが、三味線は胴の部分を布の袋に包み、きちんと壁に掛けられていた。

「おい、お恵《けい》、お客に茶でも出さねえか」

「おまえさんがやっとくれな。あたしは、おまえさんが帰ってくるのを待ちかねていたのだからね」

信八はお恵を見送りながら、顔をしかめた。

「まったく、不作法な女だ。家事というものをまったくしない、いや、まったくできない女でしてね。近所の婆ぁさんに、通いの下女を頼んでいるので、どうにか生活が成り立っているのですがね。

今日はあいにく、婆ぁさんがまだ来ていないものですから。

では、あたしが粗茶など進ぜましょうか」

「いえ、おかまいなく。本当に、おかまいなく」

「そうですか、では、お言葉に甘えましょう。

ところで、先生はいま、どちらにいるのですか」

春更が手短に伊織の現況を説明する。

信八は、畳の上のどてらを拾い、羽織った。そのあと、煙管の雁首《がんくび》に煙草を詰め、長火鉢の炭火で火をつける。

聞き終えると、煙を鼻から吐いた。

「ほう、御清栄のほど、御同慶《ごどうけい》の至りですな。

じつは、あたしの女房のお恵が、尻の穴のそばに大きな腫物《はれもの》ができましてね。大きさは鶏の卵ほどもありましたかね。その腫物を、先生に退治してもらったことがあるのです。あたしども夫婦には、大恩のあるお方でしてね」

「ははあ、そうでしたか」

春更は、伊織が言っていた手術のことだと察した。

しかし、いくらなんでも鶏の卵は誇張であろう。幇間だけに話術は巧みだが、どこまでが本当なのか判然としないところがある。用心しなければならないと、春更は気を引きしめた。

「ところで、先生から手紙だとか」

「はい、これです。まず、ご一読ください」

春更がふところから封書を取りだす。

受け取った信八はすぐに、同封されていた懐紙の包みに気づいたようである。懐紙の包みを手に取るや、すばやく着物の袖に放りこむ。

ここに至り春更も、伊織が祝儀を同封していたことに気づいた。自分の気のきかなさを恥じると同時に、師の配慮に内心、礼を述べる。

信八は手紙を読み終えると、長火鉢の猫板《ねこいた》の下にある引き出しにおさめた。

「ほう、おめえさんは戯作者なのですかい。あたしは戯作は、山東京伝《さんとうきょうでん》の作が第一等だと思いますね。弟の山東京山《きょうざん》はちょいと落ちますすな。それはともかく、あたしになにを聞きたいのですか」

「お手前は須田町の黒木屋で、幽霊人形を借りだしましたね。その顛末《てんまつ》について、うかがいたいのです」

信八が手のひらでポンと膝を打ち、

「わかりました、わかりましたよ」

と、その場で踊りだす仕草をした。

春更は相手が誤解しているのではないかと、急に不安になる。

相好《そうごう》を崩し、信八が言った。

「おめえさん、あたしと木村屋の旦那が吉原で演じた茶番を、戯作に仕立てたいのですね。ははぁ、あの件が世間で評判になり、おめえさんの耳にも届いたわけですな。それで、あたしに、くわしい話を聞きにきた——と、こういうわけですな。わかりやした、わかりやしたよ」

信八は勝手に解釈し、満悦顔である。話す気充分だった。誤解は誤解でも、口を軽くする誤解と言えよう。

　ここでも春更は、師がわざわざ自分を戯作者と人物紹介していたことの効果を痛感した。伊織は、信八の人となりを見抜いていたことになろうか。

「しかし、条件がありますぜ」

「なんでしょうか」

「戯作に書くときは、幇間の名は信八にしてください。醜男《ぶおとこ》で間抜けに仕立ててもらってかまいませんが……いや、醜男で間抜けな幇間のほうがおもしろいですな」

「え、お手前は、自分が醜男で間抜けな男に描かれてもよいのですか」

「かまいませんよ。というより、願ったりかなったりですな。戯作を読み、旦那衆が、

『この醜男で間抜けな信八という幇間を呼んでみるか』

と思いつけば、もうこっちのものですよ。

あたしが宴席に出ると、

『ほう、思ったよりいい男で、思ったより賢いな』

となり、大笑いというわけです。

幇間は名が知られるのが大事ですからね。商売のためには、なにより名を売らねばなりません」

「はあ、そうですか」

信八の意図を知り、春更はいささか毒気を抜かれた気分だった。

そのとき、五十前くらいの女が、挨拶もなしにぬっと入ってきた。通いの下女らしい。

信八が声をかける。

「お恵は湯へ行っているぜ。まず、へっついに火を熾《おこ》してくんな」

「あいよ」

「それと、冷やでいいから、酒を用意してくんな。湯呑茶碗はふたつだぜ」

「あいよ」

女が徳利と湯呑茶碗を、長火鉢の猫板の上に置く。

無愛想だが、動作はてきぱきとしていた。

信八は茶碗の酒で喉を潤したあと、おもむろに語りだす。

「木村屋という酒問屋の旦那が、吉原の万字屋《まんじや》という妓楼で遊んだとき、その酒宴にあたしが呼ばれたのが、そもそものきっかけでしてね。

何度目かの宴席で、あたしがたまたま、須田町の道具屋の店先で幽霊人形を見かけ、首吊り死体と間違えて、

『た、大変だ、人が首を吊っているぞ』

と店に駆けこみ、大笑いになった話をしたのですよ。

宴席も大笑いでしたがね。

木村屋の旦那は粋人《すいじん》と言いますか、粋狂と言いますか、人から顰蹙《ひんしゅく》を買って喜ぶところがありましてね。おかげで、あたしなんぞはかわいがっていただけるのですが。

『ほう、おもしろいな。その人形、どうにかして借りることはできないか』

『へへ、旦那、また、人を驚かせる趣向でしょう』

『まあ、そうだ。信八、てめえ借りてこい。金ならいくらでも出すぞ』

というわけだったのですよ」

春更は聞きながら、出鼻をくじかれる思いだった。

信八に借り出しを依頼したのは、黒木屋の内部の人間ではなかったことになる。

これでは、自分の推理は成り立たない。

だが、気を取り直す。

（いや、黒木屋内部の甲右衛門が、木村屋の主人に依頼し、さらに木村屋の主人が信八に依頼したのかもしれない。あいだにもうひとり立てることで、自分と信八の関係をたどれないようにしたとも考えられる。甲右衛門の用心深さかもしれぬ）

春更が先をうながす。

「ほう、それからどうしたのです」

「黒木屋に出かけ、番頭に掛けあって、十日間の約束で借りたのです。そのとき、きちんと借用証文も書きましたよ」

「十日間、借りたわけですか。その間、幽霊人形はずっとこの家にあったのですか」

「もちろんですよ。次に、木村屋の旦那から声がかかったとき、あたしは万字屋に持参しましたがね」

「木村屋の主人が人形を見て、

『おもしろいな。ちょいと店に持っていくぞ』

などということは、ありませんでしたか」

「木村屋の旦那は通人ですが、遊ぶのは吉原です。木村屋は物堅い商売をしているのですよ、あんな縁起の悪い物を店に持って帰るものですか。

でも、どうしてそんなことが気になるのです」

「まあ、幽霊人形がずっと幇間信八の家に置いてあったとしたら、そこでなにか怪異がおきる趣向もおもしろいかな、と思いまして」

「なるほど、信八が怖がって、ドタバタ騒ぎを演じるのもいいですな。うむ、十返舎一九《じっぺんしゃいっく》の『東海道中膝栗毛《ひざくりげ》』の趣向ですな。さすが、戯作者です。

信八の家で、女房のお恵を巻きこんだ騒ぎに仕立ててくださいよ。お恵も名が戯作に出れば喜びます」

「はい、まあ、それは考えましょう。

十日間のあいだに、誰かに又貸ししたことはありませんか」

「又貸しなど、しませんよ」

信八がきっぱり否定した。

春更の執拗《しつよう》な質問に、やや疑念が芽生えたようでもある。

「で、十日間の期限がきて、黒木屋に返却にいったわけですね」

「ところが、黒木屋は忌引で板戸が閉じられていました。旦那のお袋さんが死んで、寺で葬儀をいとなんでいたようですがね。

そのため、あたしはしかたなく人形を持って帰り、四、五日してまた黒木屋に行ったのです。すると、番頭の野郎が、

『期限を過ぎている。延滞金を払え』

と、ぬかしやがって、そこで大喧嘩ですよ。

ついには、黒木屋の旦那が出てきて、あたしの言い分が正しいのを認め、謝罪したので、あたしは矛をおさめたのですがね」

春更は話を聞きながら、自分が堅牢に構築したはずの推理がガラガラと音を立てて崩れ落ちるのを感じていた。

（いや、どこかに見落としている点があるかもしれない）

最後の望みを託して質問する。

「万字屋で、木村屋の主人とお手前が幽霊人形を余興に用いたのはいつだったか、覚えていますか」

「へい、覚えていますよ。忘れるものですか」

信八が月日を言う。

その日は、まさに黒木屋のお菊が死亡した日だった。

お菊が死んだ日、幽霊人形は信八の家、そして吉原の万字屋にあったことになる。黒木屋で、お菊を脅かす手段に用いることはできない。

最後の希望が打ち砕かれ、春更は全身から力が抜ける。

いっぽう、信八は意気盛んだった。

「さて、いよいよ、これからが佳境ですぞ。万字屋での幽霊人形を使った余興について、お話ししましょう。このことが知りたかったのでしょう?」

「はい、まあ、そうです、はい」

春更としては、そう答えざるをえない。

信八が張りきって話しだす。

得意の話術を駆使し、身振り手振りも交えて、信八は面白おかしく語るのだが、春更は上の空で、ほとんど頭に入ってこない。

というより、春更は信八の滑稽噺《こっけいばなし》を聞くのが苦痛だった。内心では、一刻も早く辞去したかったが、そうもいかない。

黙っているわけにもいかないので、春更はときおり、

「ほほう、それは、まあ」

などと相槌《あいづち》を打ち、熱心に傾聴《けいちょう》している風をよそおいながら、我慢して座り続

けた。

二

「きゃーッ」

「きゃーッ」

悲鳴が響き、沢村伊織はハッと目を覚ました。

反射的に隣の寝床を見たが、お繁の姿はなかった。

ふたりの悲鳴だった。お繁と下女のお熊《くま》の声であろう。

伊織の住む家は、湯島天神門前の新道にある仕舞屋《しもたや》である。玄関の三和土《たたき》をあがると八畳の部屋で、ここが待合室兼診察室だった。

この八畳の左隣に四畳半の部屋があり、ここが伊織とお繁の寝室になっていた。

伊織は寝床から飛び起きると、寝巻のまま寝室を出て、台所に向かう。

「どうしたのか」

八畳の奥が台所で、畳六枚分ほどの広さの板敷である。その台所の隅で、お繁とお熊が身体を寄せあっていた。

見ると、お繁が竹箒《たけぼうき》、お熊が擂粉木《すりこぎ》を手にして、なにかを押さえている。

竹箒と擂粉木の下には、伏せられた枡《ます》があった。

「枡の下に鼠《ねずみ》がいるのです」

お繁がやや青ざめた顔で言った。

お熊の顔も強張《こわば》っている。

「このところ、台所で鼠の糞《ふん》を見かけましてね。それで、あたしが、『夜中、鼠が台所をちょろちょろしているようですよ』

と、ご新造さまに申しあげたところ、

『じゃあ、枡落《ますおと》しを仕掛けてみよう』

と、なりまして」

「ほう、そうだったのか」

伊織も枡落しは知っていた。

枡を棒で支えて、倒れやすくした仕掛けである。枡の下に餌《えさ》を置き、食べにきた鼠の身体が棒に触れると、支えが外れて枡が落ち、閉じこめるという仕組みだった。

しかし、めったに成功しない。

伊織はかつて、シーボルトが主宰する長崎の鳴滝塾《なるたきじゆく》で蘭方医術を学んだ。

鳴滝塾では全国からやってきた塾生が寄宿生活をしていたが、あるとき、鼠に教材を齧《かじ》られる被害が出た。鼠を退治すべく、四国出身の塾生が枡落しを仕掛け、自信満々だったが、餌を取られただけに終わった。

塾生は、「オランダや清《しん》と交易をしているだけあって、長崎の鼠は四国の鼠より利口なようだ」と、負け惜しみを言っていたものだった。

鳴滝塾での枡落しの失敗を思いだしながら、伊織が言った。

「枡落しの仕掛けをしたのは、どちらだ」

「あたしです」

お繁がやや恥ずかしそうに答えた。

伊織は、枡落しを成功させた妻の手先の器用さに感心する。枡を支える棒の位置が、絶妙だったのであろう。

「ほう、これまでにも、枡落しを仕掛けたことがあったのか」

「はい、立花屋《たちばなや》にも鼠がよく出たものですから。それで、枡落しは仕掛けていました」

立花屋はお繁の実家で、湯島天神門前の仕出料理屋である。食べ物を扱う商売だけに、鼠は悩みの種であろう。

立花屋の娘であるお繁が奉公人と一緒になって枡落しを仕掛け、かかった鼠にはしゃいだり、大騒動したりしている様子を想像すると、なんとも微笑ましかった。娘時代のお繁を想像し、ふっと笑いそうになる。

お熊が言った。

「今朝、台所に来てみると、枡が落ちていたのです。それで、ご新造さまに、

『鼠が掛かったようですよ』

と申しあげ、ふたりでそっと近寄っていくと、鼠が足音に気づいたのか、急に枡が動きだすではありませんか。

しかも、枡がぐいぐいと持ちあがるものですから、いまにも鼠が飛びだしてくる気がして、思わず悲鳴をあげてしまいました。申しわけありません」

「まあ、無理もないな」

ふたりが恐怖に襲われたのは理解できた。

お繁が説明する。

「鼠が暴れて枡を押しあげ、飛びだすかもしれないと思ったものですから、

『大変、押さえなきゃ』

と、とっさに手近にあった竹箒と擂粉木で枡を押さえつけたのです」

「ふうむ、しかし、いつまでも、ふたりでそうやっているわけにはいくまい」

伊織はあたりを見まわし、棚にある品のなかでもっとも重そうな擂鉢《すりばち》を手に取った。

そして、擂鉢を枡の上に乗せた。

「これくらいの重さがあれば、鼠も枡を動かすことはできまい」

いったん、鼠を枡の下に閉じこめ、お繁とお熊は押さえこみから解放されたが、これからどうすべきか。

「さて、どうしたらよかろう」

「あたしが薪《まき》を構えますから、ご新造さまがゆっくり枡を持ちあげてください。鼠が出てきたところを、あたしが薪で殴りつけます」

お熊が提案する。

お繁が首を横に振った。

「無理よ。鼠はすばしっこいわよ、さっと逃げるわ」

「それに、へたをすると、鼠に噛みつかれかねないからな」

伊織が案じた。

鳴滝塾にいたとき、シーボルトから鼠がいかに危険かを教えられていたのだ。鼠に嚙まれた傷がもとで死ぬ人間は少なくないという。

「そうだわ。立花屋に、鼠を獲るのが上手な玉《たま》という猫がいるの。玉を借りてきましょう」

「猫ですか。それはいいですね。あたしは田舎育ちですが、米俵を食い荒らす鼠を退治するため、よそから猫を借りてくることは、よくありました。

では、あたしがこれから立花屋に行って、その玉を借りてきますよ」

「駄目、駄目、知らない人間が急に連れてこようとしても、途中で逃げだすわ。あたしのことはまだ忘れてないはずだから、あたしが行くわ。

そんなわけで、これから立花屋に行ってきますからね」

お繁は伊織にそう言い置くと、急いで身支度《みじたく》をする。

とりあえず擂鉢の重しがあれば、鼠は身動きが取れないと見て、伊織もその場を離れた。

「ああ、大変、大変、遅くなってしまった」

お熊はへっついに火を熾し、あわてて朝飯の準備に取りかかる。

＊

「玉を借りてきたわよ」

お繁が猫を抱いて戻ってきた。

毛が白、黒、茶の混じった三毛猫《みけねこ》だった。

「玉、この家のご主人さまよ。ご挨拶なさい」

お繁が玉を伊織に見せる。

もちろん、玉は無反応だった。冷淡な態度と言ってもよい。

伊織はとくに猫好きというほどではないが、声をかける。

「ほう、そのほうが玉か。精悍な顔つきをしておるな。鼠退治には期待できそうだ」

「雌猫《めすねこ》ですけどね、ねえ、玉」

笑いながら、お繁が猫の頭を撫でる。

またもや、伊織はシーボルトを思いだした。

ある塾生が、「白、黒、茶の三毛猫は雌ばかりで、雄《おす》はいない」と述べるのを聞いて、シーボルトが「そんな非科学的なことを言ってはならない」と諫《いさ》めた。

ところが、あとで調べてみて、三毛猫は雌ばかりなのが事実なのを知り、シーボルトは不思議がっていた。その後、シーボルトは多くの日本人に質問したものの、けっきょく理由はわからなかったようだ。

もちろん、「雌ばかり」は厳密には正しくない。正確には、雄の三毛猫は極端に少なく、ほとんど三万匹に一匹いるか、いないかである。伊織もシーボルト同様、この現象が不思議でならなかった。

「そうか、この玉も雌か」

あらためて、伊織は不思議がつのる。

目を細めたお熊も、猫の頭を撫でた。

「玉ちゃんかい。頼むよ」

お繁が玉を抱いて、台所に向かう。

早くも玉は鼠の匂いを嗅ぎつけたのか、お繁の手のなかで身悶えする。すぐにでも放してほしいようだ。

「あたしが声をかけたら、枡の片側を持ちあげてちょうだい」

そう言いながら、お繁が玉を枡のそばに置いたが、まだ身体は押さえたままだった。

指示に応じて、お熊がそっと枡に手をかける。

お玉は姿勢を低くして、枡を注視している。

「いまよ」

声を発しながら、お繁が玉を解き放つ。

一瞬の出来事だった。

そばで見ていた伊織も、よくわからなかったほどである。

持ちあがった枡から鼠の黒い影が飛びだしたかと思うや、次の瞬間には、玉がくわえていた。

キィーと、鼠が小さく鳴いた。

「ほう、すごいものですねぇ」

お熊が嘆声を発する。

お繁も満足そうだった。

「玉、よくやったわね」

玉は口の中で鼠をくわえ直すと、台所の土間にひょいと跳びおりた。そのまま、勝手口からすっと外に出ていく。

伊織は奇異に感じた。

「どこへ行くのだろうか」

お繁が説明する。

「きっと、遊ぶんですよ。鼠がまだ死んでない場合、口から放して逃がし、また捕えて、遊ぶのです。最後は食べてしまうのですけどね。ちょっと残酷ですが」

「なるほどな」

まさに、嬲《なぶ》り殺しであり、人間の処刑方法としてはとうてい容認できない。しかし、動物は別と考えるしかあるまいと、伊織は自分を納得させた。

「玉を立花屋に戻しにいくのか」

「ひとりで帰ると思いますけどね。昼過ぎまであたりにいたら、あたしが抱いて、戻しにいきます」

「うむ、そうしてくれ」

伊織は患者を迎える準備に取りかかる。

三

鼠騒ぎで、いつもより遅い朝食をとったあと、沢村伊織は門前町の商家から往診を求められた。

伊織が往診から戻ってくると、玄関で話し声がする。

「先生には日頃、お世話になっておりやしてね。あっしも、教えられることがしばしばでして。やはり、学問を修めた方は違うなと、常々感心しておりやす」

柄《がら》にもなく殊勝な挨拶をしているのは、岡っ引の辰治だった。

やはり、お繁とは初対面だからであろう。

伊織が声をかける。

「親分、いま戻りました。どうぞ、あがってください」

辰治が振り返り、

「ああ、お戻りでしたか。先生、戻って早々で恐縮ですが、これからご足労、願えませんかね」

と、いつになく申しわけなさそうに言った。

伊織は三和土に立ったまま部屋を見渡したが、とくに待っている患者はいない。

いちおう、お繁に尋ねる。

「誰か、訪ねてくる人はいるか」

「いえ、予定はございません」

「では親分、出かけることはできますが、検屍ですか」

伊織が立ったままで言う。

辰治も立ったままである。

「へい、室内に男と女の死体が並んで転がっているのですが、見れば見るほど妙でしてね」

「ほう、妙と言いますと」

「女のほうは死後、さほど経《た》っていないようなのですが、男のほうはすでに腐りはじめていて、顔は青鬼のようになっていましてね。蠅《はえ》が男の死体のまわりをぶんぶん飛びまわっているのですよ。そのうち、男の鼻から口から、蛆虫《うじむし》がうじゃうじゃ湧いて出るでしょうな。

いや、これは気がつきませんで。ご新造さん、不粋で無惨な話をしますが、勘弁してください。わっしは因果な商売でしてね」

辰治が、上框《あがりかまち》のところに座っているお繁に向かって、神妙に頭をさげた。

すでに、いつもの辰治になっている。謹厳実直な物言いは、初対面の挨拶のときだけだったようだ。

辰治は、お繁が気味悪がったり、眉をひそめたりするのを見るのが愉快なのに違いない。

「たしかに、それほど死体の状態が異なれば、男が先に死に、数日後に女が死んだかのようですな。

場所は、どこですか」

「すぐ近くの、下谷茅町《したやかやちょう》です。上野の山や不忍池《しのばずのいけ》が見えて、景色のいいところですぜ。ただし、先生に見ていただくのは、無惨な死体ですがね」

「わかりました。では、これからすぐ出かけましょう」

治療をするわけではないため、伊織は薬箱は持参しないことにした。

薬箱の中から、検屍に必要な虫眼鏡や鑷子《せっし》などを取りだして袱紗《ふくさ》に包み、ふところにおさめた。そのあと、薬箱をお繁に渡す。

「では、これを頼む」

「はい、行ってらっしゃいませ」

けっきょく、伊織は家の中にあがることなく、玄関先からそのまま、まわれ右をした。

辰治が空を見あげる。

「降らなければいいですがね」

＊

「ご新造さんは、何歳なのですかい」

歩きながら辰治が言った。

伊織も歩きながら答える。

「年が明けて十七歳になりました」

「そうですか。わっしが所帯を持ったとき、女房は十七歳でした。その女房が、年が明けて三十七歳になりやしたよ。

『女房と菅笠《すげがさ》は新しいほうがよい』とか『女房と畳は新しいほうがよい』とか言いますがね。

やはり、女房は新しく、若いほうがいいですな」

「お繁もいずれ三十七歳になります。親分のお内儀も、十七歳のときがあったではありませんか」

「う〜ん、たしかにそうですな」

辰治は、ちょっとしんみりとしている。

ややあって、言った。

「春本を読んだり、春画を眺めたりしていると、ちょいと悔いがありますな」

「ほう、どういうことですか」

「とくに春画を見ていると、若い男と女が臆面もないことをしていますな。いわゆる、曲取《きよくど》りと言うやつです。上になったり下になったり、くんずほぐれつの恰好でしながら、よがり狂っています。

わっしも女房が十七歳のころ、すればよかったと、しみじみ思いますね。あのころだったら、女房は恥じらいながらも、わっしの求めに応じたはずです。房事も、まさに夫唱婦随でしたからね。しかし、もう返らぬ昔ですよ。

もし、いま女房に春画にあるような曲取りを持ちかけたら、

『おまえさん、いい歳をして、気でも違ったのかい。いやらしい。あたしは、まっぴらご免だよ』

と、言下にはねつけられるでしょうな。

あげくは、

『そんなにしたかったら、吉原でも岡場所でも行ってきな』

と、うそぶきかねませんぜ」

「ほう、そうですか」

伊織は曖昧《あいまい》な相槌を打ちながら、辰治の矛先《ほこさき》が今度は自分に向かってくるかもしれないと、いやな予感がした。所帯を持ったばかりの自分とお繁は、辰治にとって格好のからかいの対象のはずである。

ところが、辰治はあっさり話題を変えた。

「これから先生に検分していただく死体ですが、男と女が並んで死んでいるのはもちろんですが、傷の具合から、心中したように見えるのです。鈴木の旦那も、

『傷からすると、心中だな。しかし、心中だと理屈が合わない』

と、首をひねっていましてね。

『これは、先生に見てもらうにかぎるな。おい、辰治、先生を呼びにいけ。拙者は次の仕事があるのでな、あとはよろしく頼むぞ』

と言い置いて、供の金蔵《きんぞう》を連れてさっさと帰ってしまいました」

鈴木の旦那とは、辰治が手札をもらっている、南町奉行所の定町廻り同心、鈴木順之助のことである。

これまで検使で多くの死体を検分してきているだけに、鈴木は慧眼《けいがん》だった。また、その言動は一見すると、いいかげんなようだが、背景に深謀遠慮がある。伊織も、鈴木には一目置いていた。

「鈴木さまが心中と見立てたのなら、まず間違いはありますまい」

「ところが、さきほども言ったように、死体の状況から、ふたりの死亡時期がかなり違うのです。男と女がほぼ同時に死ぬのが心中ですからね」

「たいていは、まず男が女を殺し、続いて自害する形のようですが」

「へい、死んでいたふたりの傷も、そう見えるのですがね。

死んでいたのは、男は泉州屋《せんしゆうや》という搗米屋《つきごめや》の倅《せがれ》で、清吉《せいきち》、十八歳。女は森田屋という餅菓子屋《もちがしや》の娘で、お千恵《ちえ》、十六歳。

死体があった場所は、泉州屋の裏手にある離れ座敷でしてね。先代の主人が建てたそうですが、近く取り壊す予定だったそうです。

というのも、泉州屋の奉公人のあいだで半年ほど前から、離れ座敷に幽霊が出るという噂があり、気味悪がって、ほとんど誰も近寄らなかったそうでしてね」

「ほう、幽霊の噂ですか」

伊織は、黒木屋の幽霊人形に続いて、今度も幽霊がかかわっているのを知り、不思議な因縁を感じた。

まさか、人形を使って幽霊と思わせ、人を遠ざけていたわけではあるまいが。しかし、伊織は、若い男女と幽霊になんらかの関係があるような気がした。

「死体を発見したのは誰ですか」

「泉州屋の主人の加左衛門《かざえもん》です。今朝、お直《なお》という女中がたまたま離れ座敷の近くに行ったところ、妙な臭いに気づいたそうでしてね。

このお直は以前、土左衛門《どざえもん》を見物したことがあって、死体の腐った臭いを知っていたのです。そこで、帳場にいた加左衛門に、

『旦那さま、離れ座敷から妙な臭いがします。もしかしたら、不吉なことかもしれません』

と、耳打ちしたのです。

加左衛門はドキッとしたそうでしてね。というのも、倅の清吉の行方が知れず、心配していた矢先だったのです。

そこで、お直とともに離れ座敷に行き、中に入ってみると、倅の清吉と、森田

屋の娘のお千恵が死んでいたのです」

「泉州屋の主人は、森田屋の娘を知っていたのですか」

「主人の加左衛門は知らなかったのですが、お直が知っていて、

『町内の森田屋の娘の、お千恵さんです』

と、教えたのです」

「なるほど」

伊織はうなずきながら、漠然と女中のお直に対して疑念が芽生えた。

そもそも、なんの用があって離れ座敷の近くに行ったのか。また、同じ町内とはいえ、なぜ森田屋のお千恵の顔を知っていたのか。

「それから大騒ぎになり、下谷茅町の自身番に知らせると同時に、森田屋の主人の文右衛門《ぶんえもん》にも知らせたわけですな。

鈴木の旦那は今朝、下谷茅町の自身番に巡回にきたとき、詰めていた町役人から、

『町内に変死人がございます。ご検使をお願いいします』

と、なりましてね。

そこで、わっしが鈴木の旦那の供をして、泉州屋に出向いたというわけです。

鈴木の旦那とわっしが泉州屋に着いたとき、加左衛門と文右衛門は罵《のの》りあっていたようで、ふたりとも険悪な顔をしておりましたな」

「ほう、光景が目に浮かぶようですね。

おそらく、加左衛門は文右衛門を、

『おまえさんの娘が、あたしの息子をたぶらかしたのだ』

と詰《なじ》る。

いっぽうの文右衛門は加左衛門を、

『おまえさんの倅が、あたしの娘をたぶらかしたのだ』

と詰る、というわけですか」

「まあ、そんなところでしょうな。ところが、鈴木の旦那が死体の傷を検分して、

『心中のようだな』

と、つぶやくやいなや、それまでいがみあっていた加左衛門と文右衛門の態度が豹変しました。ふたりが声をそろえて、鈴木の旦那に、

『心中のはずはございません。どう見ても、死んだ時期が違っております。どうかもう一度、ご吟味をお願いします』

と懇願しましてね。

それどころか、加左衛門は、

『奉公人が怪しいですな。森田屋のお千恵さんと知っていました。もしかしたら、横恋慕していたのかもしれません』

と、女中のお直が怪しいと言いだす始末。

文右衛門は文右衛門で、

『娘のお千恵を清吉さんに横取りされ、恨んでいた男がいると聞いております』

と、お千恵の取り巻きの男が怪しいと言いだす始末ですよ」

「なるほど、加左衛門も文右衛門も、息子と娘の死が心中であってほしくないわけですね」

伊織も、ふたりの心情は痛いほどにわかった。

いわば風潮となっている心中を取り締まるため、幕府は厳罰でのぞんでいた。

心中した男女がともに死亡した場合は、「死骸取捨《しがいとりすて》、葬式禁止」を命じたのだ。

男女の死体は葬儀も埋葬も許されず、小塚原《こづかつぱら》の刑場に取り捨てとされた。つまり、刑場に穴を掘ってそこに死体を放りこみ、墓標も立てられなかった。

埋め方が浅いため、長雨が続いたときなど死体の一部が露出し、それを烏《からす》がついたり、鼠や野犬が齧るという無惨さだった。遺族にとっては、耐えがたい処遇である。

たとえ息子や娘が心中したとしても、親がその死を心中と判定されたくないのは当然であろう。

伊織も遺族の心情を斟酌《しんしゃく》し、場合によっては、心中した男女を「病死」と、故意に誤診してもよいと思っていた。

しかし、心中を殺人事件と申し立てるのはまったく違う。殺人事件であれば、犯人が必要である。というより、誰かを犯人に仕立てなければならない。まさに、冤罪《えんざい》を生んでしまう。

我が子を心中としたくないばかりに、冤罪を生むことも厭《いと》わない姿勢の加左衛門と文右衛門に対し、伊織は許せない気がした。

（斟酌はしない。検屍して心中とわかれば、はっきり心中と申し述べよう）

伊織はひそかに決意した。

とにかく伊織としては、冤罪だけは絶対に起こしたくなかった。

四

搗米屋の広い土間には、数台の米搗《こめつ》きが並んでいるのが普通である。

そして、屈強な身体をした米搗き男がふんどし一丁の恰好で、米搗きの重い杵《きね》の末端を足で踏み、持ちあげては落とし、持ちあげては落とし、玄米を精米していた。その光景は、通りからも眺められる。

ところが、搗米屋である泉州屋の表はなかば板戸で閉じられているため、米搗きは見えない。ゴトン、ゴトン、という音もしないので、米搗きの作業は中断しているようだ。

一部、板戸を開けているのは、少量の米を買い求めにくる客に対応するためであろう。

「おい、誰かいねえのか」

辰治が土間に踏みこみ、声をかける。

薄暗い片隅から、十六、七歳くらいの女が顔を出した。襷をし、前垂れをかけている。

「へ～い」

「旦那の加左衛門は奥か」

「へい、さようでございます」

「森田屋の旦那も一緒か」

「へい、奥の座敷で相談をなさっています」

「ふ～ん、懸命に口裏合わせをしているところかな」

辰治がニヤリとした。

女に向かって言う。

「てめえ、女中のお直か」

「へい、さようでございます」

「さきほど、お役人と一緒に来たので、見て知っているかもしれないが、わっしはお上から十手《じって》を預かる者だ。正直に答えろ。

清吉とお千恵のあいだを取り持っていたのは、てめえだな」

そばで聞いて、沢村伊織も内心、あっ、と驚きの声をあげた。

さすが岡っ引である。とっくに、お直の役割に気づいていたことになろう。

お直は真っ青になり、震え声で言った。

「いえ、とんでもございません。あたしは、なにも存じません」

「ここじゃあ、言いたいことも言えまい。ついてきな。心配するな、なにも取って食おうというわけじゃねえ」

辰治がお直の腕を取り、強引に外に引っ張りだす。

伊織もあとから従った。

泉州屋からやや離れた天水桶のそばまで来ると、辰治がいつにない、優しい口調で言った。

「ここなら、泉州屋の者には聞こえない。安心しな。

てめえ、自分が置かれている状況がよくわかっていないようだな。よっく聞きなよ。

加左衛門と文右衛門は躍起になって、清吉とお千恵は心中ではないと言い張っている。

だが、心中でないとなると、ふたりは誰かに殺されたことになるぜ。では、殺したのは誰だ。

お調べがはじまると、真っ先に疑われるのはてめえだぞ。

お千恵はともかく、清吉はてめえの主人の息子だ。つまり、てめえの主筋《しゅうすじ》にあたる。

てめえは召し捕られると、厳しい拷問を受けたあげく、主殺《しゅうごろ》しの大罪で、市中引廻しのうえ、小塚原か鈴ケ森《すずがもり》の刑場で磔《はりつけ》の刑になるだろうな。磔を見たことがあるか。

柱に身体を縛りつけられ、両側から槍でブスッ、ブスッと刺される。破れた腹から血まみれの腸《はらわた》がだらりと垂れてな、無残なものだぜ」

お直の顔には、まったく血の気がない。

身体は小刻みに震えている。膝もがくがくしているようだ。

辰治が諄々《じゅんじゅん》と説いてきかせる。

「そうならないためには、わっしに正直に話したほうがいいぜ。わっしは、あのふたりは心中だと睨んでいる」

「へ、へい」

「清吉とお千恵の取り持ちをしていたのは、てめえだな」

「へい、申しわけありません」

「謝るには及ばねえ。どうやって、間を取り持っていたのだ」

「お千恵さんが店に来て、そっとあたしに耳打ちしました。若旦那に命じられて、あたしが森田屋に行き、お千恵さんにそっと告げることもありました」

「ふたりが逢引きしていたのは、離れ座敷か」

「へい、さようです」

「お千恵は、どうやって離れ座敷に忍びこんだのだ」

「へい、裏木戸からそっと入ったようでございます」

「なるほど、裏木戸があるのか。ふたりの逢引きがはじまったのはいつだ」

「半年くらい前からです」

「ふうむ、半年前というと去年か。清吉は十七歳、お千恵は十五歳じゃねえか」

辰治はふたりの若さに妙な感心をしている。

いっぽう、伊織はこれで幽霊の謎が解けたと思った。

清吉とお千恵の密会で、人がいないはずの離れ座敷に影が見えたり、物音がしたりしたのが原因であろう。ふたりの密会も幽霊の噂も、ともに半年ほど前にははじまったことで説明がつく。

奉公人がささやく幽霊の噂は、清吉も耳にしたであろうが、内心ではほくそ笑んでいたかもしれない。

これで、離れ座敷に寄りつく者がいなくなるからである。

清吉とお千恵は、心おきなく房事を楽しんでいたことになろう。

「てめえが今朝、離れ座敷に行ったのは、清吉が気になったからか」

「へい、若旦那が帰ってこないという話を聞いたものですから、もしかしてと思いまして」

「臭いで気づいたわけではあるめえ。てめえ、そっと中に入ってふたりの死体を見たろうよ」

「へい、申しわけありません」

「謝らなくていい。てめえのおかげで、死体が見つかったのだからな。

まあ、安心しな、てめえが磔にならないようにしてやるぜ。

それはそうと、離れ座敷に裏木戸から行ってみたい。どう行けばいいのだ」

お直が通路の入口を教える。

辰治は伊織に、

「先生、こっちから行きやしょう」

と、うながしたあと、お直に言った。

「裏木戸の戸締まりを、内側から外してくれよ。それと、座敷にいる加左衛門と文右衛門に、わっしらが来たことを伝えてくんな」

「へい、かしこまりました」

お直が裏木戸の掛け金を外すべく、急いで戻ろうとする。

その後ろ姿に、辰治が声をかけた。

「もし、いい縁談があったら、てめえは早く嫁に行ったほうがいいぜ。泉州屋からさっさと逃げだすことだ」

伊織も切実にそう思った。

泉州屋の主人である加左衛門は、息子かわいさから、奉公人に無実の罪を着せるのもためらわないほどである。とても信用できる人間ではなかった。

*

泉州屋と右隣の商家のあいだに、それぞれの黒板塀《くろいたべい》にはさまれて、せまい通路がある。

通路にはドブ板が敷き詰められていた。下には、汚水を流す溝が掘られている。

辰治と伊織の踏みしめる草履で、ドブ板が軋《きし》んだ。

それまで通路に寝そべっていた猫が、すっと去っていく。

しばらく進むと、泉州屋の黒板塀に潜り戸があった。女中のお直によって、内側の掛け金は外されている。

辰治が押すと、やや軋みながら、潜り戸が開いた。

潜り戸をくぐって中に入る。

母屋と離れ座敷のあいだに、早桶《はやおけ》がふたつ置かれていた。

「早手まわしに、早桶を用意しているな」

辰治が小声で言った。

伊織は、泉州屋と森田屋の主人がともに焦っていると察した。

泉州屋では清吉の死骸を早桶に詰め、一刻も早く菩提寺《ぼだいじ》に運びたいのであろう。

森田屋では、お千恵の遺骸を早桶に詰めていったん森田屋に戻り、そのあと、菩提寺に運ぶつもりに違いない。

「親分、お待ちしておりました」

羽織姿の初老の男ふたりが、腰を折って出迎える。

伊織は初めての対面だが、泉州屋加左衛門と森田屋文右衛門である。加左衛門は長身で、面長《おもなが》な顔をしていた。対照的に文右衛門は小太りで、丸顔だった。

辰治が紹介する。

「長崎で修業された、蘭方医の沢村伊織先生でしてね。お役人のご検使のとき、力を貸していただいております。

これまでも、しばしば死因のわからない死体を検分し、オランダ伝来の蘭方医術を用いて、謎を解いていただいておりやしてね。お奉行所では知らぬ人のない先生ですぜ」

「さようですか。へい、ご苦労に存じます。

そんなご高名な先生にご検分いただくと、きっとふたりが殺されたことが明白になるでございましょう」

加左衛門が言い、横で文右衛門が重々しくうなずいている。

ふたりは懸命に、心中ではないという結論に導こうとしていた。同心の鈴木順之助がいないのは、ふたりにとって伊織を誘導する好機に違いない。

伊織はふたりに会釈したあと、

「では、遺体を検分しましょうか」

と、辰治をうながす。

入口の三和土から上にあがると、二畳の控えの間があった。

すでに腐臭が立ちこめている。

仕切りの障子を開くと、六畳の座敷があり、そこに男女の死体があった。あたりは血の海だったであろうが、すでに畳が吸い、やや黒ずんでいた。しかし、まだ完全に乾いてはいない。指でその部分を触ると、ぬるっとするであろう。手前にお千恵の死体があり、窓側に清吉の死体がある。窓の障子にも点々と血痕があった。

ふたりは並んで横になっていたが、ぴったりと寄り添っているわけではなく、およそ一尺（約三十センチ）ほど、間があいていた。

まず、お千恵の死体を検分する。

左の頸筋《くびすじ》に刺し傷があった。虫眼鏡で傷口を点検する。

「この刺し傷が致命傷ですね。死因は出血死と思われます」

首筋から鮮血が奔流《ほんりゅう》のように噴出したに違いない。

伊織が死体の手足を動かしてみると、とくに抵抗はない。死後硬直が解けかかった状態だった。また、腐敗もはじまったばかりのようである。

「死後、ほぼ丸一日くらいに見えます」

続いて、清吉の死体を検分する。

全身の皮膚は青味を帯びており、かなり腐敗が進行していた。

青鬼のような容貌になった顔のまわりに蠅が飛び交っている。さきほど辰治が露悪的に述べたように、生みつけられた卵が間もなく孵化《ふか》し、蛆がうじゃうじゃと這いまわるようになろう。そして、蛆が腐肉を食い荒らしていく。

「死後、およそ三日、経過しているように見えます」

虫眼鏡で見ると、喉仏からやや右寄りの箇所に刺し傷があった。

「この刺し傷が致命傷ですね。死因は出血死と思われます」

やはり、首筋から鮮血が奔流のように噴出したに違いない。

横から辰治が、

「先生、これが、清吉の右の腰のかたわらに落ちていました」

と、短刀を示した。

伊織が検分すると、柄《つか》まで血が染みていた。剣先の形状は、清吉とお千恵の首筋の傷と一致する。

「この短刀が、ふたりを死に至らしめた凶器に間違いありますまい」

伊織はあらためて、お千恵の右の手を眺めた。血痕はまったくない。

いっぽう、清吉の右の手の甲は血まみれで、手のひらにも流れこんだ血の跡があった。

（心中に間違いないが、ふたりの死後の状態の差を、どう説明するか）

内心、ウ～ンと唸《うな》った。

伊織は背中に、加左衛門と文右衛門の視線を痛いほどに感じた。

立ちあがった伊織は、障子を開けてみた。

気になったのは、窓をさえぎるような木があるかどうかだった。

庭にはとくに高い木はなく、雑草が生い茂っている。しばらくのあいだ、手入れもされていないようだった。

「遺体が発見されたとき、障子が閉じられていただけで、雨戸は閉じられていなかったのですね」

伊織が加左衛門に尋ねた。

「へい、雨戸は閉じていませんでした」

「はい、わかりました」

伊織は虫眼鏡を片手に、今度はふたりの死体の周囲を検分していく。

そんな伊織を見て、加左衛門と文右衛門の目には苛立ちがある。

本当は「いったい、なにを悠長なことをやっているんだ」と怒鳴りたい気分を、懸命におさえているようだ。

いっぽう、辰治は伊織の方法には慣れているため、悠然とかまえている。加左衛門と文右衛門の苛立ちを横目で見て、楽しんでいるようでもあった。

そのとき、伊織はハッとした。

畳の色が変わっているのに気づいたのだ。

清吉の死体が横たわる畳は、どこも薄茶色に変色していた。

およそ一尺の間隔《かんかく》を置いた、お千恵の死体が横たわる畳は、まだ藺草《いぐさ》の色をとどめている。

ふたりの死体のあいだを、まるで直線で区切ったかのように、畳の色が変わっていた。

(よし、わかったぞ)

伊織は快哉を叫びたい気分だったが、かろうじておさえた。

ひと息置いたあと、おもむろに言う。

「親分、このふたりは心中です。間違いありません」

「やはり、そうですか」

辰治がうなずく。

そこに、加左衛門が割って入った。

「お待ちください。心中はありえません。

先生はさきほど、お千恵さんの遺体について『死後、ほぼ丸一日』、清吉の遺体について『死後、およそ三日』と、はっきり申されたではありませんか。

昨日死んだ遺体と、三日前に死んだ遺体がどうして心中なのですか。男女ふたりが一緒に死ぬのが心中ですぞ。先生は、心中の意味がおわかりですか」

そんな加左衛門の抗議に同調し、文右衛門も言いつのる。

「そんな支離滅裂な検分では、真の下手人を取り逃がすようなものですぞ」

ふたりとも、まさに喰ってかかるかのような勢いだった。

さきほど、同心の鈴木順之助に対しては面と向かって反論できなかっただけに、その反動があるのかもしれない。

そんな背景を見抜いているのか、辰治はニヤニヤしている。

「まあ、おふたりさん、先生の説明を聞きなせえ」

伊織が淡々と言った。

「私は、『お千恵どのは死後ほぼ丸一日、清吉どのは死後およそ三日』と断定はしていませんぞ。

それぞれ、そのように『見える』と述べたのです」

「いったい、どう違うのです」

「同じことではありませぬか」

加左衛門と文右衛門が憤然として言い返した。

変わらぬ口調で、伊織が説明する。

「今日は朝から曇っていたので、気づきませんでした。晴天であれば、この部屋に足を踏み入れたときにすぐ気づいたはずです。

ここをご覧ください。畳の色が異なります」

伊織が指で、清吉とお千恵の死体が横たわっているあいだの直線を示した。

その直線を境界に、畳の色があきらかに異なる。

「日焼けです。障子を通して、ここまで陽射しが差しこんでいたのです。清吉どのの遺体は陽射しが差しこむ部分に横たわり、お千代どのの遺体は陽射しが届かない場所に横たわっていました。

今日とは対照的に、昨日は晴天で、しかも春真っ盛りを思わせる、汗ばむほどの陽気でした。昨日、陽射しを浴びて温まった清吉どのの遺体は、そうでなかったお千代どのよりはるかに早く腐敗が進んだのです。その結果、死後三日を経過しているように見えたのです」

「う〜ん、しかし……」

加左衛門と文右衛門は顔をゆがめている。

伊織が凶器の短刀を手に、状況を説明する。

「清吉どのは左手でお千恵どのの背中を抱いて引き寄せ、右手に持った短刀で喉を突きました。そのため、お千代どのの左の首筋に傷があったのです。

お千恵どのの遺体を横たえたあと、清吉どのは右手に持った短刀で自分の喉を突きました。そのため、右の首筋に傷があったのです。

本当であれば、清吉どのはお千代どのの上にかぶさり、あるいはぴたりと横に並びたかったはずです。しかし、はずみで転倒し、やや一尺離れて、仰向けに横たわったまま絶命しました。そのため、手から放れた短刀は、清吉どのの身体の右側に落ちていたのです」

「ということだ。

これで、清吉とお千恵が心中したのはあきらかだ。おめえさんら、これでもまだ、ふたりを殺した人間がいると言い張るつもりか」

辰治が目を怒らせ、ピシリと言った。

こういうとき、辰治には相手に有無を言わせぬ迫力がある。

加左衛門と文右衛門は畏れ入っていた。

ふたりともなにか言いたいようだが、言葉にはならない。

辰治がとどめを刺す。

「せっかくだが、『早桶はもう不要になった』と言って、桶屋に引き取ってもらいな。心中者の死体は菰《こも》に包んで運ぶのが定めだ。早桶はいらないぜ。

それから、おめえさんらふたりは、これから下谷茅町の自身番に来てもらうぜ。

じつは、鈴木の旦那、いや、お役人の鈴木順之助さまが自身番で待っておいでだ。どういうお調べになるか、楽しみだぜ」

そう言いながら、辰治が伊織に向かってニヤリとした。

ここに至り、伊織も鈴木の意図がわかった。

鈴木は伊織に検屍をさせることで、心中であるのを証明させたいのはもちろんのこと、自分が身を引いて町医者を前面に出すことで、加左衛門と文右衛門の本音を確かめたかったのであろう。

伊織は、いま自身番で呑気《のんき》に茶を飲み、煙管をくゆらせているであろう鈴木の姿を想像した。

自身番で暇つぶしをしている、職務に熱心ではない定町廻り同心に見せかけながら、頭の中では今回の心中事件の落としどころを考えているに違いない。

「では、私はこれで」

伊織が帰り支度をする。

辰治がそばに来て、耳元でささやいた。

「このあとのことは、近いうちに、先生にお知らせにいきやすぜ」

伊織がちらと見ると、加左衛門と文右衛門はがっくりとうなだれていた。

ふたりは、辞去する伊織に対して頭をさげることもしない。礼を失しているというより、呆然自失の状態のようだった。

さすがに伊織も、子を失った親に同情を覚えた。

第三章　白　鼠

一

　須田町のモヘ長屋に沢村伊織が着くと、加賀屋から派遣されている下女のお松がすでに、台所のへっついに火を熾《おこ》していた。

「先生、おはようごぜえます」

「うむ、今日もよろしく頼むぞ」

　伊織が土間に草履を脱いであがると同時に、春更が姿を見せた。まるで、伊織の到着を待ち受けていたかのようだった。

「先生、ちょいと、よろしいでしょうか」

「ああ、いいぞ、あがるがよい」

「いえ、手短に済ませますので」

春更は土間に立ったままである。

伊織は相手の表情がいつになく生気がないのを見て、ピンときた。幇間の信八を訪ねていった件に違いない。だが、黙って話をうながす。

「黒木屋の事件で、幽霊人形を用いたというわたしの推理ですが、まったくの見当違いでした」

春更が、信八から聞かされた話をかいつまんで述べた。

口調の端々に、口惜しさが滲《にじ》んでいる。

相手の落胆ぶりを見ると、伊織も気の毒になり、論評は控えた。

ただ、

「ふうむ、そうだったか。信八は相変わらずのようだな」

と、述べるにとどめる。

「信八さんは、すっかり自分が戯作の主人公になる気になっていましてね。もう、あちこちで吹聴しているかもしれません。

しかし、戯作は実現しそうもないですからね。信八さんの期待を裏切る結果になってしまい、それが、ちょいとつらいですね」

「幇間は恥をかくのが商売だ。信八は、自分が戯作の主人公になる案が没《ぼっ》になればなったで、今度はそれをおもしろおかしい咄《はなし》に仕立てるだろうよ。気にすることはない」

「そうですか。そう言っていただけると、少し気が楽になりますが。

信八さんは吉原の万字屋という妓楼で、幽霊人形を用いた茶番を演じたようですが、わたしのほうこそ、とんだ茶番を演じてしまいました。

では、これにて失礼します。とりあえず先生には、お知らせだけはしておかねばならないと思ったものですから」

一礼すると、春更がそそくさと去る。

入れ違いに、大家の茂兵衛《もへえ》が入ってきた。土間に立ち、部屋を見渡してとくに患者がいないのを確かめ、上框に腰をおろす。

「春更さんとすれ違ったのですが、いつになく、元気がないようでした。いったい、どうしたのでしょうか」

「構想していた戯作の筋立てが行き詰まったようですな」

「ははあ、そうですか。戯作者はつねに新しい趣向を考えなければならないでしょうからね。まあ、戯作者という商売も大変でしょうな。

それはそうと、前の一の日から今日までのあいだに、長屋で葬礼がふたつもでましたよ」

茂兵衛がため息をついた。

大家の苦労を聞いてほしいようだ。伊織を、愚痴を述べる格好の相手と思っているのかもしれない。

「ほう、立て続けですか」

「善七《ぜんしち》という男が死にましてね。まだ五十前でしたよ。腕のいい左官職人だったのですが、労咳《ろうがい》（肺結核）になってはもう、いけませんな」

「善七どのは、私も診察したことがあります。薬も処方したのですがね。はっきり言って、医者にできることはありませんでした」

伊織は重苦しい気分だった。

最新の蘭方医術をもってしても、労咳には無力だった。転地療法と栄養摂取ぐらいしか対応策はないが、長屋暮らしの庶民にはともに難しい。

茂兵衛が言葉を続ける。

「明け方、大吐血《だいとけつ》をしましてね。

あたしは大家なので、確かめにいかざるをえないですからな。

夜着や布団はもちろんのこと、畳にまで鮮血が飛び散っているのにはゾッとしました。それどころか、介抱していた女房のお紋《もん》まで血だらけなのですよ。しかも、本人はそれに気づいていないのですからね。あたしは可哀相になって、

『おい、お紋、ひとまず井戸端で顔や手を洗ってきな』

と、言ったほどでした」

「それは大変でしたな。しかし、これから大変なのは、残されたお紋どのでしょう」

「まさに、そのとおりでしてね。子どもはみな奉公に出ていて、夫婦ふたりの暮らしだったのですが、亭主に死なれたあと、お紋はどうやって生活していくか。あたしも心配しましたが、お紋の実の兄が引き取ってくれることになりましてね。これで、ひとまず安心です。つい昨日、長屋を出ていきました」

「ほう、そうでしたか。で、もうひとりは」

「石見《いわみ》銀山《ぎんざん》の藤助《とうすけ》の、二歳になる娘なのですがね」

「石見銀山と言いますと……」

「鼠取《ねずみと》り薬を売る商売ですな」

「ああ、なるほど」

俗に石見銀山鼠取と呼んでいるが、石見銀山で産出する砒素《ひそ》で製した殺鼠剤《さっそざい》の

ことである。餌《えさ》に仕込んでばらまいておき、食べた鼠は死ぬ。いわば、鼠用の毒薬である。

伊織は先日、派手な半纏《はんてん》を着た男が、長屋の路地を歩いているのを見かけたのを思いだした。青地に「石見銀山鼠取」の文字を白く染めだした幟《のぼり》を担ぎ、小箱を肩から脇に掛けていた。

そのとき伊織は、行商人にしては呼び声をあげていないのを、奇妙に感じたものだった。あの男はモヘ長屋の住人の藤助だったことになろう。商売に出かけるところだったのか、戻ってきたところだったのか。

「女房のお夏《なつ》が、あたしに泣きついてきまして、

『娘の下痢が止まらないのです。どんどん弱っていきます。沢村先生に診てもらいたいのですが、なんとかなりませんか』

と言うのですよ。

『先生が来るのは、次の一の日だ。湯島天神の門前にお住まいと聞いているが、まさかそこまで娘を連れていくわけにもいくまい』

あたしも困ってしまいましてね。そこで一計を案じまして、

『では、あたしが一筆、書いてやるから、それを持って、亭主の藤助に湯島天神

門前の先生の家に行ってもらえ。薬を処方してもらえるはずだ』

ということで、あたしが先生あての手紙を書いたのですが、手紙を届ける前に、あえなく死んでしまいました」

「そうでしたか」

伊織は沈鬱な気分だった。

話を聞くかぎり、たとえ薬を処方しても女の子の命は救えなかったろうと思ったが、口にはしない。

茂兵衛が続ける。

「あたしが亭主の藤助に悔やみを言ったところ、あの野郎、言うにことかいて、

『女なので、いずれ金になると思っていたんですがね』

と、うそぶくじゃありませんか。

あたしは思わず、

『馬鹿、なんてことを言うんだ』

と、怒鳴りつけてやりましたよ」

「十歳前後になって吉原などに売れれば、大金になるということですか」

「そうです。女の子は将来、金になるということですな」

茂兵衛が吐き捨てるように言った。

伊織は、かならずしも藤助の本心とは思わなかった。いわば、一種の強がりなのかもしれない。

それにしても、わが子の死に際して発する言葉ではなかろう。大家の茂兵衛が怒るのも当然だった。

ちらと見ると、下女のお松も痛ましそうな顔をしていた。

お松は貧農の娘である。加賀屋で下女奉公をしているが、そうでなければ、村をまわってくる女衒《ぜげん》を通じて吉原や岡場所に売られていたかもしれなかった。


しばらく沈黙が続いたあと、伊織はふと思いだした。

「そういえば、前回の一の日でしたが、長屋の男の子たちが鼠だ、鼠だと騒いでいるのを見かけましたが」

つい先日の、我が家の鼠騒ぎを思い浮かべる。

茂兵衛が笑った。

「鼠が出るのはしょっちゅうですよ。路地のドブ板の下には鼠が住んでいますし、ゴミ捨て場にもよく姿を見せます。天井裏を走りまわることもありますな。まあ、みな、鼠には慣れているのですがね。

男の子たちが騒いでいたのは、白鼠《しろねずみ》を捕まえれば一両一分《いちりょういちぶ》になるからでしょうな」

「どういうことですか」

「遠州屋《えんしゅうや》という袋物問屋があるのですが、その遠州屋の台所に白鼠が出たそうでしてね。奉公人が捕まえようとしたのですが、すばやく外に逃げてしまったとか。それを聞いた遠州屋の主人が、

『白鼠を生きたまま捕え、持ってくれれば、誰であっても一両一分払うぞ』

と、宣言したのです」

「ほう、大金とは思いますが。しかし、一両一分とは、また中途半端な金額ですね」

「あたしが思うに、吉原の呼出し昼三《よびだしちゅうさん》の揚代《あげだい》と同じにしたのではないでしょうか。おかげで、子どもだけでなく、大人まで目の色を変えて白鼠探しをする始末でしてね。

『よし、白鼠を生け捕りにして、吉原の呼出し昼三を買うぞ』

というわけです。

子どものみならず、大人まで駆りたてたのですから、遠州屋の主人の賞金設定は絶妙だったと言えましょうな。

例の藤助も、あちこちのドブ板をはがして、白鼠探しをしていました。ただし、長屋の連中から、

『おめえ、商売物の石見銀山を使うつもりだろう。だが、白鼠は生きてなきゃ駄目なんだぜ』

と、さんざん冷やかされていましたよ」

伊織はかつて吉原で開業していたため、上級遊女である花魁《おいらん》の揚代は知っていた。花魁のなかでも最上級の「呼出し昼三」の揚代が破格の一両一分というのは、いわば吉原の格式の象徴のようになっていた。

遠州屋の主人も、とっさにその象徴の金額を提示したのであろう。だが、たかが鼠一匹に一両一分の賞金を懸けるとは、やや異様である。

「白鼠といっても、しょせん鼠に違いありますまい」

「いえいえ、先生、それは違いますぞ。

白鼠は、七福神のひとりである大黒天《だいこくてん》の使いで、白鼠の住む家は繁盛すると言われております。

　また、商家では有能で忠実な奉公人を白鼠と称していましてね。ともかく、商家では白鼠は縁起がよいのです。

　遠州屋の主人は、せっかく我が家に福を運んできた白鼠を取り逃がしてしまい、無念だったでしょうな。どうにかして福を取り戻したいと願うのも無理はありません。一両一分も惜しくないというわけです。

　その噂がたちまち広まり、この長屋でも、大人も子どもも白鼠探しをする騒ぎになりました。

　鼠のことですから、ちょろちょろと走って、長屋のドブ板の下に逃げこんでいるかもしれないというわけですな」

「ということは、遠州屋はこの長屋の近くなのですか」

「幽霊人形を吊りさげた黒木屋はご存じですか」

「はい、知っています。先日、往診に行ったものですから」

「おや、そうでしたか。遠州屋は、黒木屋の隣です」

　伊織は黒木屋が登場したことに、少なからず驚いた。

　偶然と言えば偶然であろう。同じ町内と考えれば、隣同士でも不思議ではない。

　しかし、伊織は引っかかるものがあった。

「で、その白鼠は誰かが生け捕りにしたのですか」

「いえ、けっきょく見つからないままです。野良猫に喰われたのだろうというのが、もっぱらの噂ですがね。そんなわけで、白鼠探しも、いつの間にか終わってしまいましたよ」

茂兵衛が振り返る。

路地に長屋の、お時《とき》という小太りの女が立っていた。診察を求めてきたものの、大家がいるので、入るのをためらっているようだ。

「なんだ、お時じゃないか。先生に診てもらうのか。遠慮しなくていい。俺はもう帰るから。

遠州屋の主人も、白鼠が欲しければ買えばいいのですよ。一両一分もしないでしょうに」

上框から腰をあげながら、茂兵衛がつぶやいた。

伊織が驚いて問う。

「えっ、白鼠を売っているのですか」

「おや、ご存じありませんでしたか。

通旅籠町《とおりはたごちょう》の根津美屋《ねずみや》という店で、白鼠を売っていますよ。一度聞いたら、もう忘れない屋号ですがね。

先生、お邪魔しましたな。では」

一礼し、茂兵衛が土間から路地に出ていく。

入れ違いに、お時が入ってきた。

伊織の頭に閃《ひらめ》いたものがある。もちろん、まだ明確ではなく、もやもやとしている。しかし、もつれていた糸を整理していけば、すべてがつながっていくような予感があった。

「先生、胸のこのあたりが苦しいのですがね」

ハッと、伊織は我に返った。

目の前に、お時が座っているのを見て、いささか狼狽《ろうばい》した。考えに耽《ふけ》るあまり、患者がいるのを忘れていたようだ。心ここにあらず、の状態だったと言おうか。

（いかん、いかん、肝心なことがおざなりになっている）

伊織は頭を振って、雑念を追い払う。

「すまん、ちと、考え事をしていたものでな。どれ、診ようか。横になったほうがよいな」

伊織はお時の診察をはじめる。

続いて、別な患者が来たようだ。下女のお松が茶を出していた。

二

須田町から通旅籠町は、方向こそ湯島天神とは正反対になるが、距離はさほどでもない。

沢村伊織はモヘ長屋の診療所を八ツ(午後二時頃)に閉じたあと、すぐに湯島天神門前に戻るのではなく、通旅籠町に寄ってみることにした。目的は、大家の茂兵衛が言っていた根津美屋である。

歩きながら、伊織は考え続けた。

(春更の推理は、もしかしたら『中《あた》らずと雖《いえど》も遠《とお》からず』だったかもしれないな。いや、本質を衝《つ》いていたのかもしれない)

戯作者の想像力に、あらためて感心する。

春更の一件は的外《まとはず》れの推理があったからこそ、伊織はあらたな推理に至ったと言ってよかろう。

(もちろん、いまの段階では、春更に言わぬほうがよかろうが)

いつしか、通りのにぎわいが増している。

通旅籠町だった。

人出に関するかぎり、須田町の通りとさほど変わるまい。ところが、通旅籠町の通りには華やかさがある。

理由はすぐにわかった。歩いている人に女、とくに若い娘が多いのだ。

また、若い娘が多い理由もすぐにわかった。

呉服屋の大丸屋《だいまるや》があるからだった。伊織が見あげると、軒に吊るされた大きな看板には、

けんきん　かけ直なし　呉服太物類　大丸屋

と記されている。

現金払いで、掛値《かけね》はしないと宣言していた。また、絹織物の呉服や綿《めん》・麻《あさ》織物の太物《ふともの》を売っている、と。

大丸屋は、駿河町《するがちょう》の越後屋と一、二を争う江戸の大店《おおだな》だった。

通旅籠町の表通りに面した大丸屋は、間口は三十六間《けん》（約六十六メートル）という大店舗である。

通りから見ても、店内には裕福そうな庶民の妻女と、上級武士の姿が目立つ。客の相手をする大勢の若い奉公人も、みな小ぎれいな恰好をしていた。動作は丁重でいながら、きびきびしている。

店先には、武家屋敷の中間《ちゅうげん》や、商家の丁稚らしき男が腰をかけている。主人の供をしてきて、買物の終わるのを待っているのであろう。それらの供の者たちにも、丁稚が茶を運んでいた。

大丸屋の前を通りすぎ、しばらく行くと、数珠屋《じゅずや》があった。

店内で、主人らしき老人が退屈そうにしているのを見て、伊織は声をかけた。

「ちと、お尋ねしたい。近くに、白鼠を売る根津美屋という店はありますかな」

老人は、店内からわざわざ通りにまで出てくると、

「もう少し行った、左手にあります。根津美屋はいつも人だかりがしているので、すぐにわかりますぞ。あのあたりです」

と、指さした。

「これは、ご丁寧に、かたじけない」

礼を述べ、伊織は教えられたほうに歩いた。

しばらく行くと、老人が言ったように、人だかりが見えた。大丸屋とは対照的に、子どもが目立つ。なかには、首から風呂敷包をかついだ少年もいた。使いの途中の、商家の丁稚であろう。

店先には、片面に針金製の網をかけた木製の箱が多数、積み重ねられている。箱にはそれぞれ、白鼠がいた。店先の人だかりは、みな箱の中の白鼠を見物しているのだ。

伊織も箱の中を眺めて、いささか驚いた。

全身が真白な鼠もいるが、頭部だけが黒く、身体は白い鼠もいる。白いなかに黒い部分が点々と、ぶちのようになっている鼠もいた。

「ほう、ひと口に白鼠と言いますが、実際にはいろいろな種類がいるのですな」

伊織は、店先に座っている初老の男に話しかけた。

男は手に一匹の白鼠を乗せていた。人に馴れているようだ。

「頭だけが黒い白鼠を『頭《かしら》ぶち』と言います。白と黒のぶちになっているのは『熊ぶち』です。

そのほか、細かい分け方をすると、全部で十八種ございます。そのなかで最高峰が黒目の白鼠、『黒目の白』でしてね。赤目の白鼠である『目《め》赤白《あかしろ》』は、一等劣りますな。

「お医者さまですか。往診のお帰りですかな」

伊織は、頭は月代《さかやき》をせずに総髪にしていた。袴《はかま》をつけない着流しに黒縮緬の羽織姿、足元は白足袋に草履履《ば》きだった。ひと目で医者とわかるいでたちである。しかも、手に薬箱をさげていた。往診の帰りに立ち寄ったと思ったのであろう。

「はい、さようです」

「あたくしは、主《あるじ》の忠兵衛《ちゅうべえ》でございます」

白鼠を手にしたまま、主人が頭をさげた。

伊織は笑いそうになるのをこらえた。

根津美屋の主人の名は、忠兵衛である。鼠を扱う商売に、「ちゅう」の音はなんともおかしい。

大家の茂兵衛は根津美屋を、一度聞いたら忘れられない屋号と評していたが、忠兵衛も同じく、一度聞いたら忘れられない名と言えよう。

「黒木屋惣右衛門さんからうかがい、ちょいと寄ってみた次第です。縁起がよい白鼠に、私も興味が湧いてきましてね」

「黒木屋惣右衛門さん……さて、どなたでしたかな」

忠兵衛は首をかしげている。

伊織は一瞬、自分も春更と同じ早とちりをしてしまったのかと思った。失望とあきらめに襲われかけたが、かろうじて踏みとどまる。

「惣右衛門さんは、こちらで白鼠を買ったと聞きましたがね。目のぎょろっとした、唇の分厚い方で、しゃべっていないときでも唇が少し開いています」

伊織は気を取り直し、首をひねって尋ねる。

ここに至り、忠兵衛が破顔一笑した。

「ええ、ええ、黒目の白を買われた、あの方ですか。覚えていますよ。惣右衛門とおっしゃるのですか。あの方は、先生のお知り合いでしたか」

「はい、以前、往診したものですから」

「なるほど、なるほど。どうぞ、お座りください。

おい、お昌《まさ》、お茶を頼む」

忠兵衛が店の奥に声をかける。

急に伊織に対して愛想がよくなった。白鼠を買った客の紹介で来たとなれば、今回も客になるに違いないと思っているのだろうか。

伊織は興味があるように見せかけ、

「では、お言葉に甘えて」

と、店先に腰をおろした。


お昌と呼ばれた女中が茶を持参して、伊織と忠兵衛のそばに置いた。

忠兵衛は手に乗せていた白鼠を箱に戻したあと、煙草盆を引き寄せ、煙管を手にする。

「惣右衛門さんは、ちょいと変わった方でしたな。それで、あたしもよく覚えているのですがね。

それなりの商家の主人のように見えるのに、供も連れず、おひとりでふらりとお見えになりましてね。黒目の白を一匹、お求めになったのですが、白鼠を入れた箱を運ぶのは大変ですからね。そこで、

『あたくしどもの丁稚にお届けさせましょう。お届け先はどちらですか』

と申しあげたのです。ところが、

『いや、自分で運びます。これに包んでくだされ』

と、ふところから風呂敷を取りだされました。

そこで、白鼠を箱ごと風呂敷に包んで差しあげますと、惣右衛門さんはそれを手にさげて、さっさとお帰りになりました。

ちょいと不思議な方でしたな。もちろん、お支払いはきちんとしていただいたのですがね」

伊織は内心、

（やはり、そうだったか）

と、手を打ちたい気分だった。

自分の推理があたっていたのを知った。ほぼ間違いないであろう。高揚感がこみあげる。

極力、平静を保とうと思うが、つい顔がほころびるのはどうしようもない。

こぼれる笑みを利用して、言った。

「ええ、ええ、そのことですか。思いだすと、私も笑いがこみあげてくるのですがね。そのころ、黒木屋は大変だったのですよ。しかし、内情は申しあげられないので、そのあたりはご了承ください。

惣右衛門さんはひそかに店に白鼠を放って、それを奉公人に発見させ、大黒天の使いが訪れたことにしたかったのです。そこで、誰にも知られないようにして、白鼠を買い求めたのです。いわば、起死回生をはかったわけですな。

医者の私には、惣右衛門さんも言いやすかったのかもしれません。そんなわけで、私はある程度まで知っているのですがね。

もちろん、惣右衛門さんが白鼠を放したのは、秘密にしていますが」

「ははあ、なるほど。それでまるでお忍びのように、身元も明かさず、ひとりで白鼠を買い、ひとりで持ち帰ったのですな。ようやく納得できましたよ。

そのあたりの事情をご存じなので、先生も白鼠を見に、往診の帰りに立ち寄られたわけですか」

「そういうわけです」

伊織としては、黒木屋惣右衛門が根津美屋で白鼠を買い求めていたことを突き止めさえすれば、本当はさっさと帰りたかった。

だが、そんなそっけない態度をすれば、不審を抱かれるであろう。ここは、無理にでも白鼠に興味を示さなければならない。

「以前から不思議に思っていたのですが、白鼠は突然、生まれてくるのですか」

「そうです、普通の黒い鼠から突然、白鼠が生まれるのです。しかし、十年に一度か、二十年に一度か、そんなものです。悠長に待っているわけにはいかないので、あたくしどもは作りだしているわけですがね」

「ほう、白鼠は作りだせるのですか」

伊織は俄然、本当に興味が出てきた。

忠兵衛も相手が興味津々なのがわかったらしい。格好の聞き手を得た気分だろうか。茶で喉を湿すや、滔々《とうとう》と語りだす。

「いろんな金魚がいますが、根気よく雄と雌をかけあわせて、尾の長いものや、目の大きなものを作りだしているのはご存じでしょう。白鼠も、あれと同じでしてね。

いわゆる『熊ぶち』の鼠は、しばしば生まれるのです。この熊ぶちの雌と雄をかけあわせると、数代を経るうちに、黒味が薄い鼠が生まれます。このなかから、できるだけ黒味が薄い熊ぶちを選び、かけあわせていくと、数代を経て、いわゆる『黒目の白』が生まれます。

いったん黒目の白が生まれると、しめたものです。黒目の白の雄と雌をかけあわせると、生まれてくるのはみな黒目の白です。

ところが、不思議なのは、黒目の白の雌と、別な毛色の雄鼠をかけあわせると、頭だけ黒い、いわゆる『頭ぶち』が生まれるのです。造化《ぞうか》の妙《みょう》と申しましょうかね」

「え、そんな秘伝を、私などに明かしてよいのですか」

伊織が驚いて言った。

忠兵衛は笑いながら、そばにあった一冊の本を示す。

「秘伝でもなんでもありません。じつは、この本にすべて公開されていましてね。『珍玩鼠育艸《ちんがんそだてくさ》』です」

「見てもよろしいのですか」

「はい、かまいませんよ」

伊織は渡された本を手に取った。奥付には、

天明七未正月　堀川通高辻下ル町　銭屋長兵衛板

とある。

「ほう、天明《てんめい》七年（一七八七）未《ひつじ》ということは、いまから四十年以上も昔に、京都で刊行されていたのですか」

伊織は感心した。

ざっと目を通すと、内容は白鼠の分類から、飼い方の心得、鼠の雄と雌のかけあわせ方など、子細にわたっている。しかも、絵も多数、掲載されていた。

「その本を読めばわかるというものの、素人が簡単に白鼠を作りだせるわけではありません。何代にもわたる、かけあわせが必要ですからね」

「なるほど、それはそうでしょうな」

ここに至り、伊織は白鼠を買わざるをえないような気がしていた。

これほど懇切丁寧に説明を受けながら、まさかなにも買わずに帰るわけにもいくまい。

ただし、急に心配になった。

（いったい、いくらするのだろうか）

まさか、遠州屋の主人が賞金として懸けた一両一分まではしないであろうが、かなり高価なのは確実だった。

「この機会に、一匹欲しいのですが、ふと思いついて立ち寄ったものですから、用意がありません。懐具合《ふところぐあい》がちょいと心配なのですが」

「はい、はい、承知しました。ご相談に応じますよ。ここには、熊ぶち、頭ぶち、黒目の白、目赤白がいますが、どれがよろしいですか」

　忠兵衛が重ねられた箱を示す。

　伊織はざっと眺めたが、やはり黒目の白鼠がもっとも愛らしいと感じた。赤目の白鼠はやや気味が悪い。熊ぶちや頭ぶちは、どことなく不潔感がある。

「やはり大黒天の使いと考えると、黒目の白ですかね」

「はい、わかりました。では、お負けしておきますよ」

　忠兵衛が告げたのは、けっして安いとは言えないが、持ち合わせでどうにか間に合う金額だった。

（しょせん鼠だ。やはり吉原の呼出し昼三にはかなわないな）

　伊織は、ほっとして言った。

「それだったら、どうにかなります」

「そうですか、では、あたくしどもの小僧に、お届けさせましょう。どちらまでお帰りですか」

「湯島天神の門前です」

　丁稚に自宅までついてこられるのは、やや迷惑だった。

　しかし、片手に薬箱をさげていることを考えると、とても白鼠の入った箱は持ち運べない。ここは、やむをえないであろう。

忠兵衛が丁稚を呼んだ。

「おい、定吉《さだきち》」

「へ〜い」

「こちらのお客のお供をして、黒目の白をお届けしろ」

主人の命令に応じて、定吉が箱を大きな風呂敷に包んでいく。

丁稚の作業を横目で見ながら、忠兵衛が注意事項を述べる。

「箱の底に藁《わら》を敷いてやってください。

餌は玄米です。毎日、二、三度、与えてください。そのほか、焼いた川魚や、青菜、塩などを、ときどき与えるとよいでしょう。ただし、生魚を食わせてはいけませんぞ。

盃に水を入れて、置いておくのをお忘れなく」

三

根津美屋の丁稚の定吉を従えて歩きながら、沢村伊織は行き掛り上とはいえ、欲しくもない白鼠を買う羽目になったことを後悔していた。

（お繁はなんと言うだろうか）

伊織はいまになって、自分が妻の反応をまったく考慮していなかったことに気づいた。

下女のお熊の反応も気になる。

先日の鼠騒ぎからすると、ふたりが鼠を嫌悪しているのはあきらかであろう。

（う～ん、困った）

白鼠はとうてい、我が家で受け入れられそうにない。

（さて、どうするか）

伊織は歩きながら、湯島天神の境内に放すことを考えた。

境内には茶屋や料理屋、楊弓場《ようきゅうば》、芝居小屋などが建ち並び、ちょっとした盛り場になっている。白鼠を見かけた人は縁起がよいと喜ぶであろう。白鼠を捕らえようと、ちょっとした騒ぎになるかもしれない。

しかし、白鼠を勝手に放すのは無責任な気がする。

それに、そもそも人に飼われてきた生き物である。野生のすばしっこさはないので、野良猫に狙われると、ひとたまりもあるまい。

すぐに殺され、食われてしまうとわかっていながら放りだすのは、あまりに可哀相である。

（う〜ん、困った）

悩んでいた伊織だが、ふと名案が浮かんだ。

（そうだ、白鼠は大黒天の使いと考えられているのだ。よし、そうしよう）

伊織は白鼠をどうするかを決めた。

となると、早いほうがいい。

空を見あげると、夕暮れが迫っている。

（少なくとも、明るいうちでないと、効果はないからな）

伊織は振り返り、定吉に声をかけた。

「ちょいと、急ぐぞ。明るいうちに家に着きたいからな」

「へい、かしこまりました」

伊織は我が家を見たとき、ほっとした。

（うむ、まだ外は明るいな）

格子戸を開けて玄関に入るや、伊織は定吉に、

「とりあえず、そこにおろしてくれ」

と、上框に置くよう指示すると、三和土《たたき》に草履を脱ぎ棄てて、家の中に飛びこんだ。

出迎えたお繁があきれている。

「まあ、いったい、どうしたのです」

「あとで、くわしいことは話す。いまは急いでおるのでな」

伊織は文机《ふづくえ》に向かうと、紙を広げ、筆を手にした。

はっと気づくと、お繁が定吉に、

「ご苦労でしたね」

と、ねぎらいながら、駄賃を渡しているところだった。

伊織は駄賃を渡すことをすっかり忘れていたのだ。ここは、妻に救われた気分である。

お繁は商家に生まれ育っただけに、使いの丁稚などへの心遣いはこまやかだった。

「ご新造さま、ありがとうございます。

では、旦那さま、あたくしはこれで」

定吉が風呂敷をたたんでふところに入れ、一礼して去っていく。これから帰ると、根津美屋に着くころには暗くなっているかもしれない。

その後ろ姿に、伊織があわてて声をかけた。

「ご苦労だったな。主人の忠兵衛さんによろしく伝えてくれ」

玄関先の声を聞きつけ、お熊が台所から出てきた。

お繁の横にしゃがみ、お熊は箱の中の白鼠を見て、

「あれ、まあ、いったい、どうしたのです」

と、あきれている。

伊織が書きあげた紙を、お熊に渡した。

「これを、玄関の脇にでも貼ってくれ。通りがかりの人が気づくようにな」

紙には、

黒目の白鼠一匹を、大事に飼ってくれる人に差しあげる。謝礼などは不要である。


という意味のことが記されていた。

しかも、わかりやすい字で大きく書き、漢字も極力少なく、平仮名主体にした。

つまり、寺子屋に一、二年通っただけの子どもにも読めるようにしたのである。

通りかかった人が告知文を読み、白鼠が無料でもらえるのを知って、家や店に帰ってさっそく話をする。相談のうえ、夜が明けるのを待ちかねたように、引き取り手が現れる——これが伊織の計算だった。

うまくいけば、白鼠と同居するのは今晩だけで済むであろう。明日からは、別な家で飼われる。

（よし、とりあえず、これでよかろう）

伊織はふーっと、ため息をついた。

お繁とお熊が、家の中に戻ってきた。

「貼りましたよ」

お熊が報告する。

「通りかかった人は読めそうか」

「だいぶ薄暗くなってきていますが、白い紙は目立ちますからね。まだ、当分は読めるでしょうね。

ところで、この白鼠は、どうしたのです」

お繁が詰問《きつもん》してくる。

伊織は、通旅籠町の根津美屋で主人と話が盛りあがったことを語り、

「そんなわけで、少なくとも一匹は買わざるをえない羽目になった。しかし、家で鼠を飼う気はないからな。

そこで、欲しい人に進呈しようというわけだ。白鼠は大黒天の使いと言われて、商家では縁起がいいそうだ。欲しがる人はいると思うぞ」

と、計画を明かす。

「お金を出して買ったものを、ただで人にくれてやるのですか。気前がよすぎますよ」

お熊がずけずけと言った。

伊織は苦笑するしかない。

「まあ、そう言うな。

いわば、子どもを里子《さとご》に出すようなものだからな。里子に出すときは、幾ばくの養育費をつけるのが普通だ。

それに引き換え、この白鼠は養育費もつけずに引き取ってもらうのだからな」

手配を終えたことに安心すると、伊織はどっと疲れを覚えた。

通旅籠町から急ぎ足で歩いてきたからであろう。身体も汗ばんでいた。

「これから、湯屋に行ってくる。まさか、白鼠を欲しいという人がすぐに現れることはあるまいが、事情を確かめにくる人がいるかもしれない。熱心な人だったら、その場で渡してしまってもかまわぬぞ。できれば、早く手放したいからな」

そして、伊織はお繁に、根津美屋忠兵衛から教えられた飼育法を伝えた。

*

湯屋から戻ってきた伊織を、お繁が意味ありげな笑顔で迎えた。

その目に悪戯っぽい光があるのを見て、伊織は家の中を見まわす。

「おや、白鼠はどこだ」

「猫の玉が食べてしまいました」

「え、まさか」

伊織は呆然とする。

お繁がくすくす笑った。

「嘘ですよ。引き取り手が現れて、さきほど、もらわれていきました」

「え、まさか」

今度は啞然とした。

これほど早く引き取り手が現れるなど、伊織は思ってもみなかったのだ。

お繁が楽しそうに言う。

「門前にある、質屋の大黒屋《だいこくや》です。大黒屋の若旦那は、あたしの幼馴染でしてね」

「ああ、あそこか。立花屋の近くだったな」

伊織も質屋の大黒屋は知っていた。

看板に、頭巾《ずきん》をかぶり、右手に打出の小槌《こづち》を持った大黒天の絵が描かれていた。

お繁の実家である立花屋のごく近所だった。大黒屋の息子と、立花屋の娘が幼馴染というのもうなずける。幼いころは、一緒に遊んだ仲かもしれない。

「大黒屋の若旦那が訪ねてきて、こう言いましてね。

『さきほど、たまたま通りかかって、貼り紙を読むと、白鼠を譲るとあるではありませんか。あたしは、へたをすると人に先を越されると思いまして、急いで走って家に戻ったのです。そして、お父っさんに相談すると、うちの屋号は大黒屋だ。白鼠は縁起がいい。すぐに、もらってこい、となりましてね。そんなわけで、ほかからの引きあわせがあるかもしれませんが、幼馴染のよしみで、大黒屋に譲ってくださいな』

　そこで、あたしは、

『大黒屋に差しあげますよ。その代わり、かわいがってやってくださいね』

と言って、そのまま箱ごと持ち帰ってもらったのです。

　そのとき、若旦那が大真面目な顔で言うのですよ。

『ご亭主は長崎で修業された、蘭方のお医者さまだそうですね。もしかしたら、この白鼠はオランダ渡来ですか』

　あたしは吹きだしたいのをこらえ、

『さあ、そのあたりは、あたしもよく知らないのです』

と答えておきましたが。

　玄米を餌にすることなども伝えておきましたよ」

「ふむ、そうだったか。それにしても、早く里親が決まってよかった。懸案が無事解決したと思うと、急に腹が減ってきたな」

　伊織は晴れやかな気分だった。

もちろん、脳裏の一部には黒木屋の件がわだかまっていたが。

白鼠が大黒屋に引き取られた日の翌朝、伊織が往診から帰ってくると、お繁とお熊が台所でなにやら悩んでいるようだった。

「どうかしたのか」

伊織が声をかけながら台所をのぞく。

お繁が勝手口のそばに置かれた、背の低い、大きな盥《たらい》を示した。

「さきほど、大黒屋がこれを届けてきました。白鼠のお礼ということでしょうけど」

盥には笹の葉が敷かれ、その上に大きな鯛《たい》が乗っている。笹の緑に、鯛の桜色が艶《つや》やかに映えていた。

伊織も驚いた。

「う〜ん、そんな物をもらうと、かえって困るな」

「大黒屋の使いは、

『遅ればせながら、婚礼の祝いでございます』

と言っていましたがね」

「そうか、こちらに気を遣わせまいとしたのだろうが。しかし、そういうことなら、遠慮なくいただいておこう。それにしても、『海老で鯛を釣る』どころか、鼠で鯛を釣ったことになるな」

伊織の冗談に、お繁は愉快そうに笑った。

だが、お熊は意味がわからないのか、怪訝《けげん》そうな顔をしている。

「で、どう料理するつもりだ」

「鮮度から言って刺身は無理でしょうから、まず三枚におろし、切身は塩焼きにしましょう。残りを吸物にし、頭の部分は兜煮《かぶとに》にしてはどうでしょう」

仕出料理屋の娘だけに、お繁は鯛の調理法については、いちおう知っているようだ。

伊織は顔をほころばす。

「うむ、いいな。とくに、兜煮は大好きだ」

ところが、お熊は困りきっていた。

「あのぉ、あたしは鯛を料理したことなどないのですが。鯛をさばいたこともないものですから。じつは、あたしは鯛を食べたこともありませんので」

「あら、心配しなくてもいいわよ。立花屋にこの鯛を持っていって、料理番の

太助《たすけ》どんに、

『鯛の調理法を教えてください』

と頼むのよ。

もう、どうしたらよいのかわからないので泣きついてきた、という感じがいいわね。

太助どんのことだから、きっと、

『おめえさんにゃあ、無理だぜ。あっしに任せねえ』

と、引き受けるに違いないわ」

お繁は屈託がない。

鯛料理についての知識はあるが、自分では包丁で魚をさばいたことはないのだ。

しかし、実家の活用術は心得ている。

料理番の太助にとっては、「お嬢さんの嫁《とつ》ぎ先」からの依頼である。

あだや、おろそかにするはずがない。鯛料理は、皿や椀に豪華に盛りつけて届けられるであろう。

（鼠で鯛を釣り、そのあとは大黒屋から贈られた鯛が、立花屋の仕出料理に変身するわけだな）

まるで藁しべ長者のようだと思うと、伊織はおかしくなった。こんな順調な変身ができるのも、お繁のおかげかもしれない。

「わかりました。では、これから行ってきます」

さっそく、お熊が鯛を立花屋に持っていく準備をはじめた。ちょっと浮き浮きしている。自分も鯛料理の相伴《しょうばん》にあずかれるからであろう。

四

下女のお熊が鯛を持って立花屋に出かけてしばらくすると、玄関の三和土に、四十代なかばの、面長《おもなが》な顔の男が立った。真岡木綿《もうかもめん》の袷《あわせ》の着物姿で、素足に下駄履きである。

「お繁ちゃん、いや、『ちゃん』では失礼ですな。ご新造さんと呼びましょうか、お繁さんと呼びましょうか」

お繁が明るく笑った。

「あら、大家さん、おひさしぶりです。呼び方はどちらでもいいですよ」

立花屋の近くにある、裏長屋の大家の甚兵衛《じんべえ》だった。

裏長屋に友達の女の子が住んでいたため、お繁は何度か遊びにいったことがあり、大家とも顔見知りだったのだ。

だが、仲のよかった女の子は十一歳のときに住み込みの奉公をするため、長屋を出ていった。以来、お繁は会っていない。

「しかし、見違えましたな。お繁さんがこちらに嫁がれたと聞いていたので、わかりましたが、もし道ですれ違っていたら、わからなかったかもしれません。お美しくなられましたな」

「あら、からかわないでくださいな」

「いえ、からかうなど、とんでもない。丸髷がじつによく似合っていますよ。蘭方医のお内儀として、錦絵《にしきえ》になりそうですぞ。

ところで、じつはちと、ご相談したいことがあってまいったのですが、先生はお出かけですか」

「いえ、いま二階で薬の調合をしています。呼びましょうか」

「はい、お願いします」

「少々、お待ちください。都合を聞いてきます」

お繁は奥の台所に行く。

台所の端に、二階に通じる急勾配の階段があった。

二階には医術関係の道具や資料が整理され、薬簞笥も置かれていた。また、一角には二畳ほどの、下女のお熊の寝間もある。

お繁は軽快な足取りで、階段をのぼっていく。

ややあって、沢村伊織が二階からおりて、玄関まで出てきた。

「私に相談とは、なんでしょうか」

「突然で申しわけないのですが、あたしどもの長屋で白骨が見つかりまして。自身番にお届けしたところ、たまたま長屋の持ち主である備前屋《びぜんや》太郎左衛門《たろうざえもん》さんが詰めていましてね。

太郎左衛門さんが言うには、

『沢村伊織という評判の蘭方医がいるようだ。まず、沢村先生に検分してもらうのがよかろう』

ということでして。

それで、お願いにまいったようなわけでして」

そばからお繁が、備前屋は門前にある薬種問屋だと説明した。備前屋の娘とお繁は、かつて同じ師匠から常磐津《ときわづ》の三味線を習っていたという。

備前屋太郎左衛門は自身番に詰めているくらいだから、町役人に違いあるまい。

伊織は、太郎左衛門は犯罪なのかどうかを知りたいのであろうと察した。つまり、町奉行所の役人に検使を求めるかどうかの判断をしたいに違いない。

「わかりました。白骨なのですね」

「はい、男なのか女なのかもわかりません」

「一体だけですか」

「はい、一体でございます」

「待っている患者もいないようなので、では、これから行きましょうか」

「ありがとうございます。では、ご案内いたしますので」

伊織は白骨死体の検分であるため、虫眼鏡と鑷子《せっし》を持っていくことにした。

*

「昨日の夕方、長屋で火事が起きましてね」

歩きながら、甚兵衛が言った。

伊織は町内に火事があったと聞いて驚いた。

「え、まったく知りませんでした」

「さいわい、井戸のそばの部屋だったので、みなで水をかけて消し止め、ボヤで終わったのです」

「なるほど、それで半鐘《はんしょう》も聞こえなかったのですね」

「火の出た部屋には、夫婦者と子どもが住んでいたのですがね。女房ががさつな女でして、へっついに薪《まき》をぞんざいに放りこんでいたようですな。燃えさしの薪が転がり落ちて、燃え移ったというわけです。まあ、

『火事だ、火事だ』

と大声で叫んだのは、せめてもでしたが。

夕方だったので、行商などに出ている長屋の亭主どもも、たいてい戻っていましたから、すぐに人が集まってきたわけです。

あたしが指示をして、井戸で水を汲んでみなで消火させたのですがね。火が消えたときには、さすがにあたしも、その場にへたりこみましたよ。

今朝から、備前屋に出入りの鳶《とび》の者《もの》が二、三人来て、畳をあげたりして、取り片づけをしていたのですが、床下の土を見て、

『変だ、なにか埋まっているようだ』

と言いだしたのです。

あたしは、『よけいなことを言いやがって』と苦々しい気分だったのですが、聞きつけた長屋の連中が『小判が埋まっているかもしれない』と騒ぎだしましてね。そうなると、もう引くに引けなくなりまして、掘り返すことにしたのです。あたしは内心、

『小判ざくざくどころか、死体が出てきたらどうするんだ』

と心配していたのですが、なんと、あたしの案じたとおりになりましてね」

「白骨が出てきたわけですか」

「さようです。『藪蛇《やぶへび》』とは、まさにこのことですよ。いや、『藪をつついて蛇を出す』どころか、床下を掘って白骨を掘りだしたわけですからね。

ここですがね」

甚兵衛が、長屋の入口を指し示す。

参道に面した蕎麦屋と髪結床のあいだに、木戸門があった。

木戸門をくぐると、路地が奥に続いている。路地の両側に長屋があった。

伊織は路地のドブ板を踏みしめて奥に進みながら、焦げた匂いが強くなってくるのを感じた。

両側の長屋が途切れたところにちょっとした広場があり、総後架《そうこうか》とゴミ捨て場、共同井戸が設置されている。そして、井戸のそばの部屋が無残な状態になっていた。ちょうど、長屋のもっとも端の部屋にあたる。

柿葺《こけらぶ》きの屋根は、なかば抜け落ちていた。板壁はほとんどはがれ、細い柱がむきだしになっていたが、ところどころ黒く炭化していた。畳はすべてはがされ、ゴミ捨て場の横に積み重ねられている。

(ほう、よく、ボヤで終わったな)

伊織は延焼しなかったことに感心した。

もちろん、住人が総出で、水をかけるなど懸命の消火活動をしたおかげだが、やはり昨日の夕方は風がなく、しとしとと小雨が降る天気だったのが大きいであろう。

もし空気が乾燥した、風の強い日であれば、舞いあがる火の粉が柿葺きの屋根に落ち、次々と燃え広がっていたはずである。

大火になれば、お繁の実家である立花屋はもとより、伊織の家も危うかったかもしれない。

伊織は背筋に冷たい物を感じた。

「先生に来ていただいたぞ」

甚兵衛が、焼け跡のまわりに集まっている人々に声をかけた。

印半纏《しるしばんてん》を着た、ふたりの若い男が進み出る。いかにも勇み肌の鳶の者だった。

兄貴分らしき男が、

「こういう物を掘りあてやしてね。見てくださいな」

と、伊織を現場に案内する。


根太はすべて取り払われ、地面がむきだしになっていた。

穴はさほど深くはない。地表の色が変わっていたのであろう。だからこそ、鳶の者もなにかが埋まっていると気づいたに違いない。

そばに筵《むしろ》が敷かれ、その上に掘りだされた骨が並べられていた。ざっと見ただけで、ほぼ全身の骨格がそろっているのがわかる。

伊織は筵のそばにしゃがんだ。

「骨のほかに、見つかった物はないのですか。着物や帯の切れっぱし、煙管の吸口などですが」

「まわりの土を笊《ざる》で振るってみたのですが、一文銭のひとつもありませんでしたよ。これじゃあ、三途《さんず》の川は渡れなかったでしょうな」

鳶の者がおどけて言った。

俗に、三途の川の渡し舟の料金は六文と言われていた。たしかに、無一文では三途の川の渡し舟には乗れない。

伊織は笊で土を振るうなど、鳶の者が手馴れているのに感心した。これまでにも町奉行所の役人に命じられて、埋められた死体の発掘をした経験があるのかもしれない。

いっぽうで、伊織は意外でもあった。

というのは、死体が埋められた場合、なんらかの所持品が見つかるはずである。埋められていた年数によって腐食の度合いは異なるが、かならず断片が見つかる。

まったくなにもなかったというのは、死体は真っ裸の状態で埋められたことになろう。髪飾りなどもすべて取り外したに違いない。

もし遺体が発見されても、身元がわからないようにするという明確な意思が感じられた。

「どのくらい前に埋められたのでしょうか」

大家の甚兵衛が言った。

伊織は首を傾げざるをえない。

「う～ん、それを判定するのは、かなり難しいですな。三年以前か、五年以前か……。そばに埋まっていた持ち物などで判断することが多いのですが、今回はそれがありませんからね」

「男なのか女なのかは、わかりますか」

さらに、甚兵衛が問う。

鳶の者が横から言った。

「股座《またぐら》を見れば、男か女かは一目瞭然なのですがね。へのこと金玉がぶらさがっていれば男、なければ女です。間違えようがありませんや。

しかし、骨になると、わからないものですな。

先生、へのこには骨はないのですかい。固くなったときは、まるで骨があるようですぜ」

「陰茎――つまり、へのこのことですが、一部の動物の陰茎には骨があります。しかし、人間の陰茎には骨はありません」

「では、骨になってしまったら、どうやって男と女を見わけるのですか」

「おい、ちょいと黙っていてくれないか。これから、先生が検分するのだから」

たまりかねて、甚兵衛が制した。

鳶の者は横を向き、ペロリと舌を出した。

弟分はニヤニヤしている。

伊織はまず頭蓋骨を手に取り、虫眼鏡で子細に点検した。

頭蓋骨にはとくに陥没《かんぼつ》などはなかった。ということは、撲殺《ぼくさつ》ではない。

絞殺か、刺殺か。もしかしたら病死かもしれないが、骨だけになってしまってはもう、死因の特定は無理だった。

次に、骨盤の部分の骨を手に取り、点検した。

そんな伊織の手元を、甚兵衛や鳶の者はもちろん、詰めかけた長屋の住人が息をひそめて注視している。

「おそらく、男ですね」

伊織が甚兵衛に言った。

見物人の輪に、「ほぉ～」いうどよめきが広がる。

「これはあくまで傾向なのですが、男と女の違いは額《ひたい》の傾きに表れます。男は斜めですが、女は直角に近いのです。正面から見てもわかりにくいのですが、横から見ると違いがわかります」

伊織が頭蓋骨の側面から見せ、額の傾斜を示した。

もちろん、比較すべき女の頭蓋骨がないのだから、斜めと直角に近いと言っても、甚兵衛にはわからないであろう。伊織はこれまでの経験から判断したのだ。

「次に、男女差は骨盤の形に表れます。骨の食いこみが、男は尖《とが》った形をしているのに対し、女はゆるやかな丸みを帯びています」

伊織が骨盤のくぼみを指で示したが、やはり比較すべき女の骨盤がないのだから、甚兵衛はわからなかったろう。これも、伊織の経験上の判断だった。

「さきほど述べたように、これはあくまで傾向ですから、頭蓋骨だけだったら、男と断定はできません。また、骨盤だけでも男とは断定できません。

しかし、頭蓋骨と骨盤に、ともに男の傾向が見て取れるので、この骨は男とほぼ断定してよいでしょうね」

伊織の説明を聞き、甚兵衛は渋い顔をしている。

慎重な言いまわしは、曖昧そのものに聞こえるのであろう。もしかしたら、意味がよく理解できていないのかもしれない。

かたや、鳶の者は焦れったさを隠そうともせず、ずばり質問する。

「先生、要するに、男ってことですかい」

「さよう、男です」

伊織もきっぱり言った。

鳶の者は振り返り、集まっている住人に向かって、勝ち誇ったように叫んだ。

「おい、みんな、聞いたか。この骨は男だとよ」

住人のあいだにどよめきが広がる。

そんなどよめきのなか、ひとりの男が叫んだ。

「佳助《けいすけ》じゃねえのか。いや、佳助だぜ。女房のお幸《さち》が間男《まおとこ》と結託して、亭主の佳助を殺して、床下に埋めたんだぜ」

一瞬、その場が静まり返った。

続いて、堰《せき》が切れたようにあちこちから、男女の声があがる。

「お幸さんは、亭主の佳助さんが自分を捨てたとか言っていたけど、怪しいもんさ。本当は、間男とつるんで、亭主を殺していたのさ」

「お幸は、とんでもない女だぜ。間男と一緒になるため、亭主を殺したのさ」

「大家さん、俺は、お幸がいまどこに住んでいるか知っているぜ。商売で歩いているとき、見かけたからな。間男と所帯を持って、うまくやっているらしいぜ」

「大家さん、お役人に届けて、お幸と間男を召し捕ってもらいなよ」

「亭主に捨てられたとか聞いて、あたしも同情していたけど、とんだ食わせものだったね。大家さん、これは放ってはおけないよ」

住人たちが口々に叫び、騒然となった。

鳶の者ふたりは、

「おい、その、お幸という女はどこに住んでいるんだ。俺たちがとっ捕まえて、引きずってきてやるぜ」

と、いまにも駆けださんばかりの勢いである。

誰かがけしかけた。

「おめえさんらに頼んだほうが、早いや」

「そうだ、そうだ、早いとこ、お幸の首に縄をかけて引っ張ってきなよ」

あちこちから賛同の声があがる。

予想もしなかった成り行きに、甚兵衛は呆然としている。

「そのやり方は、ちと穏やかではないな」

人垣の背後から、落ち着いた声がかかった。

現われたのは、小紋《こもん》の着物に小紋の羽織、博多の帯を締めた、恰幅《かっぷく》のいい男だった。足元は白足袋に下駄履きである。

「旦那、これはどうも」

鳶の者が頭に巻いていた手ぬぐいを外し、腰を折る。

甚兵衛もあわてて腰をかがめた。

「これは備前屋さん、こんなところまでお越しいただき、恐縮です」

長屋の持ち主の備前屋太郎左衛門だった。

それまで口々にわめいていた住人も、たちまち静かになる。

「後ろで、聞いていたのですがね」

そう言いながら、太郎左衛門が近づいてきた。

筵の上の白骨に目をやったあと、伊織に言った。

「沢村伊織先生ですな、ご苦労をかけます。男ですか」

「はい、間違いないでしょう」

うなずいたあと、太郎左衛門がおもむろに言う。

「長屋で人が殺され、床下に埋められていたなど、由々しきことですな。

しかも、以前住んでいた、お幸という女に疑いがかかっているようです。もはや、うやむやにはできません。

相談したいのですが、ここで立ち話というわけにもいかないので、甚兵衛さん、おまえさんのところを、ちょいと貸しておくれ」

「へい、汚いところですが、それでよろしければ」

「汚い長屋と言われては、あたしは立つ瀬がないね」

「いえ、これは言葉の綾《あや》と申しましょうか、いえ、その」

甚兵衛がしどろもどろになる。

太郎左衛門は鷹揚《おうよう》に笑う。

「冗談ですよ。気にしないでおくれ。

そんなわけで、先生、ちとお付き合いください」

そのあと、鳶の者ふたりに言った。

「おまえさんたち、ご苦労だが、骨の番を頼むよ」

「へい、旦那、あっしらに任せておくんなさい。たとえどんな大軍が押し寄せてきても、骨は渡しはしませんよ」

五

長屋の木戸門を入ってすぐ左が、甚兵衛の住居だった。

大家の住居といっても、長屋の部屋とさほど違いはない。沢村伊織、備前屋太郎左衛門、そして甚兵衛が座ると、もうそれだけで窮屈だった。

甚兵衛の女房はおろおろしている。

「これは備前屋の旦那さま。旦那さまに、こんな汚いところにお越しいただきましては」

女房の言葉に、甚兵衛は顔をしかめていた。

だが、太郎左衛門は気にする風もなく、

「おかみさん、使い立てをして悪いが、小川屋で羊羹を買ってきてくださいな。蒸羊羹ではなく、練羊羹を頼みますよ」

と、財布から金を取りだして渡した。

「へい、かしこまりました」

女房がすぐに出ていく。

煙管で一服したあと、太郎左衛門が口を開いた。

「火事についてですが、あの部屋に住んでいた者はどうしました」

「権助《ごんすけ》・お捨《すて》という夫婦と七歳の男の子が住んでいたのですが、とりあえず親戚のもとに身を寄せました」

「とくに怪我などはなかったのですね」

「はい、ちょいと火傷《やけど》をしたくらいでしょう」

「そうでしたか。みなで力を合わせて、すぐに消し止めてくれたようだ。怪我人もなく、長屋の外には燃え広がらなかったこともあり、お役人にお届けはしません。

そんなわけで、大家のおまえさんがお咎《とが》めを受けることはないから、安心しておくれ」

「へい、ありがとうございます」

「だが、一難去ってまた一難で、今度は長屋の床下から白骨が出てきた。男の骨のようだ。今度は、うやむやにするわけにもいきますまい」

伊織はひそかに安心した。

じつは、事件を隠蔽《いんぺい》するよう依頼されるかもしれないと案じていたのだ。太郎左衛門はけっして事なかれ主義ではないようだ。

「誰かが、白骨は佳助に違いないとか言っていたね。どういうことか、おまえさんに説明してもらおうと思いましてね」

「へい、かしこまりました。

火事を出した権助・お捨の前に、佳助とお幸という夫婦者が住んでおりました。年のころは、ともに三十前くらいで、子どもはいませんでした。佳助は屋根葺《やねふ》き職人でした。

お幸はまさに『掃溜《はきだ》めに鶴』でして。いえ、この長屋が掃溜めと申しているわけではありませんが、とにかく、長屋住まいには珍しい、色白な女でした。

このお幸に、間男《まおとこ》をしているという噂がありましてね。

最初のうちは長屋の女房どもで噂をしていたのでしょうが、やがて、あたしの耳にも入りましてね。まあ、苦々しい気分でした。最悪の場合、刃傷《にんじょう》騒ぎなどになりかねませんからね。

それで、あたしはそれとなく、お幸の様子をうかがっていたのです。

亭主の佳助は出職《でしょく》ですから朝、仕事場に出かけ、帰ってくるのは夕方です。なんと昼間、若い男がお幸を訪ねてくるのです。優男で、お店者《たなもの》のようでしたが。

しかも、男が来ると、お幸は表の腰高障子を閉じてしまうのですよ。あたしも、これは怪しいと思いましたね。

ところが、佳助とお幸が夫婦喧嘩をしている様子もありません。佳助は、女房が間男をしているのに気づいていないのか、それとも、間男は邪推に過ぎないのか、あたしも判断がつきませんでね。

そうこうするうち、お幸が、

『亭主が帰ってこない。女と駆け落ちしたに違いない』

と騒ぎだしました。

あたしも事情を聞いたり、なだめたりと、それなりに苦労しましたがね。けっきょく、佳助は行方知れずになったままで、十日ほどしてお幸は、

『親戚の家に身を寄せる』

と称して、長屋を出ていきました。まあ、亭主がいないと暮らしていけませんから、あたしもそれなりに納得したのです」

「ふうむ、さきほど誰かが、お幸がどこやらで男と住んでいるとか言っていましたな。その間男と住んでいるのだろうか」

「さあ、あたしはお幸が一緒に暮らしている相手を見ていないので、なんとも言えないのですが」

「鳶の者に調べさせてもいいでしょうな。お幸の住まいがわかったら、おまえさんに首実検をしてもらいましょう。相手が以前の間男だとわかったら……」

太郎左衛門が語尾を濁《にご》した。

甚兵衛は、ごくりと生唾《なまつば》を飲みこんだ。

「どうなりますか」

「鳶に、お幸と間男を自身番にしょっ引いてきてもらおう。あとは、お役人に取り調べてもらいますがね」

「ということは、お幸と間男が佳助を殺し、床下に埋めたのでしょうか」

「断定はできないが、しかし、ほかに考えられますまい」

「そうですよね、お幸め、とんでもない悪女だな、う～ん」

甚兵衛がうなった。

伊織はふと気になり、口をはさむ。

「ちょっとお待ちください。佳助どのが行方不明になり、お幸どのが長屋を出たのはいつですか。正確な日付でなくてもかまいません。何年ぐらい前でしたか」

「え〜と、正確ではありませんが、おおよそ一年半前でしたかね」

甚兵衛が記憶を呼び起こす。

伊織は大きく息を吐いた。

太郎左衛門と甚兵衛を等分に見て、きっぱりと言う。

「あの白骨は佳助どのではありません。ですから、お幸どのと間男が結託して佳助どのを殺したとは考えられません」

「えっ」

ふたりが同時に声をあげた。

太郎左衛門の顔色が変わっている。なにか言おうとしたとき、甚兵衛の女房が戻ってきた。

女房を見て、太郎左衛門が何事もなかったかのような、おだやかな口調で言った。

「お手数をかけますが、焼け跡で番をしている鳶のふたりにも、茶と羊羹を運んでやってくださいな」

「へい、かしこまりました」

女房がいそいそと三人の前に、切った羊羹と茶を出した。

そのあと、茶と羊羹を盆に乗せ、鳶の者のもとに運んでいく。

伊織は見ていて、太郎左衛門には女房を遠ざける意図があるのだと察した。女房の口から長屋じゅうに噂が広がるのを警戒しているのであろうか。それにしても、太郎左衛門のさりげない心配りは見事だった。

備前屋はかなりの大店だが、主人の太郎左衛門は苦労人なのかもしれないと、伊織は思った。

＊

甚兵衛の女房が去ったあと、太郎左衛門が静かに言った。

「失礼ですが、先生のお考えには根拠があるのでしょうか」

「あの白骨は、完全に白骨になっておりました。土に埋められて一年半であのような状態になることは、ありえません。

地表に、つまり地面に放置された死体であれば、一年くらいで完全に白骨になることはあるでしょうが」

「土に埋めると、地面に放りだしておくよりも早く白骨になると思っておりましたが」

太郎左衛門が反論した。

横で甚兵衛がうなずいている。同じ思いのようだ。

「地面に、たとえば草っ原に放りだされた死体は、烏《からす》がほじくります。鼠や野犬が齧《かじ》ります。さらに蠅が卵を生みつけ、孵化した蛆《うじ》が腐肉を食らいます。そのため、およそ一年で完全に白骨化するのです」

伊織は説明しながら、自分の表現が岡っ引の辰治に似てきている気がした。

太郎左衛門と甚兵衛は黙って傾聴《けいちょう》している。

「ところが、土の中に埋められた死体は、腐敗の進行が遅いのです。完全に白骨化するまでには、私も断言する自信はないのですが、少なくとも三年以上、あるいは五年以上かかるはずです。

ですから、あの白骨が佳助どののはずはないのです。一年半前には、佳助どのは生きていたのですから」

「う～ん、あたしは、とんだ勇み足をするところでしたな。

一歩間違うと、冤罪を生んでいたかもしれません。自分の軽率を恥じるばかりです。冷や汗が出ますぞ。

あらためて、先生に感謝申しあげます」

太郎左衛門がしみじみと言い、頭をさげた。

伊織は、自分が危ういところで冤罪を防いだのを知った。

町奉行所の役人や岡っ引は、お幸を召し捕ったあと、もし否定すれば、拷問にかけるに違いない。もし拷問にかけられれば、お幸は苦痛に耐えかね、夫を殺したと自供するであろう。逆から言えば、自供するまで拷問を続ける。

町役人だけに、太郎左衛門は役人や岡っ引の強引なやり口も知っていた。冷や汗が出ると述懐《じゅつかい》したのも、正直な感想であろう。

太郎左衛門が、あらためて甚兵衛に問う。

「すると、佳助・お幸の前に住んでいたのは誰だね」

「ええ、誰でしたかな」

甚兵衛は懸命に思いだそうとしている。

太郎左衛門が指摘した。

「帳面に記されているのではないかい」

「ああ、そうでした」

甚兵衛が帳面を取りだしてきた。

紙を繰りながら、名前や家族構成、入居日と退去日を確認していく。

「整理しましょう。筆と紙を拝借しますぞ」

伊織が甚兵衛の読みあげを聞き取り、図に描いた。

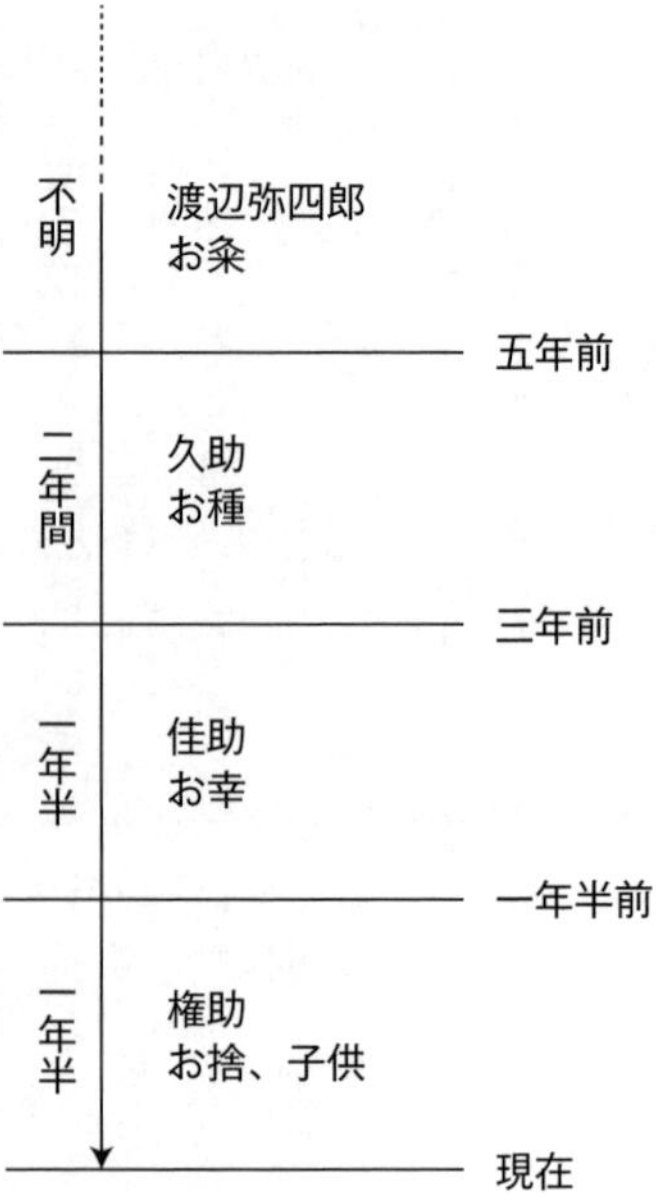

「ほう、これはわかりやすいですな」

太郎左衛門が感心した。

甚兵衛も図を見ながら、説明する。

「久助《きゅうすけ》・お種《たね》は老夫婦でした。久助はなにかの行商をやっていたのですが、病気で死にましてね。長屋の者が早桶《はやおけ》を担いで寺に運んだのを覚えております。葬礼のあと、お種は引っ越していきました。その後のことは、あたしも存じません」

「久助・お種は五年前に入居し、三年前に退去しています。住んでいたのは、およそ二年間。しかも、久助は病死し、遺体は寺に送られています。久助・お種が床下の白骨と関係があるとは考えにくいですね」

伊織が言った。

甚兵衛は困惑している。

「すると、久助・お種の前に住んでいたのは、渡辺弥四郎《わたなべやしろう》・お粂《くめ》ですが」

「五年前に長屋から出ていったことはわかりますが、入居はいつですか」

「あたしは六年ほど前に大家に雇っていただいたのですが、そのときすでに渡辺弥四郎・お粂は住んでいました。ふたりが入居したのがいつなのか、記録した物がないのです」

「甚兵衛さんが大家になる以前ですが、一帯で火事がありましてね。この長屋も全焼しました。そのとき、古い帳面は燃えてしまったのです」

横から、太郎左衛門が補足した。

伊織が甚兵衛に質問を続ける。

「どういう人だったのですか」

「渡辺弥四郎さんはご浪人で、山下で大道易者《えきしゃ》をしていたようです。ご新造のお粂さんは病身で、あたしがここに来て間もなく死にました。あたしの大家としての初仕事は葬礼の手配でしたので、よく覚えていますよ。

ご新造が先に死に、渡辺さんは長屋を出ていくときには生きていたのですから、床下の白骨とは無関係ですね」

「いや、床下に埋められていたからと言って、住人とはかぎりません。住人とは別な人間を誘いこみ、殺したとも考えられます。

渡辺どのはおよそ一年間、独り身で長屋に住んでいたわけですね」

「へい、そういえば、見知らぬ人間がよく出入りしていましたな。あたしは、ご新造が亡くなり、寂しいのだろうと思っていたのですがね」

しばらく黙っていた太郎左衛門が、ようやく口を開いた。

その目に苦衷《くちゅう》がある。

「白骨が長屋の住人ではないかもしれないという先生の指摘は、目から鱗《うろこ》が落ちる思いです。同時に、あたしは大事なことに気がつきましてね。

白骨の身元を突き止めねばなりません。

というのは、所帯持ちだったら、亭主が突然、失踪したことになりましょう。お店者だったら、店の金を持ち逃げしたと誤解されているかもしれません。遺族があまりに気の毒です」

「なるほど、立派なお考えだと思います」

「渡辺弥四郎さんの行方を追いましょう。おそらく、どこかの盛り場で易者をやっているはず。もしかしたら、いまも山下かもしれません」

「どうやって探しますか」

「備前屋に出入りの鳶の者を使います」

伊織は、なるほど、と思いながらも、一抹《いちまつ》の不安があった。

というのも、鳶の者は粗暴な者が多い。慎重な行動などできないかもしれない。

そんな伊織の危惧を察したのか、太郎左衛門が言った。

「もちろん、あたしどもは一介の町人です。いざとなれば、お役人に引き渡します。けっして出過ぎた真似はいたしません。

そんなわけですので、先生にもお力添えをお願いします」

「わかりました。私にできることであれば」

「ついでに、お幸も探しましょう。さきほど、住人の誰かが、どこやらで見かけたとか言っていましたな。探せば、見つかるはずです」

そのとき、ようやく甚兵衛の女房が戻ってきた。

鳶の者に茶と羊羹を届けたあと、どこやらでおしゃべりに興じていたようだ。

第四章　冤　罪

一

黒木屋惣右衛門が丁稚を供に従えて現れたとき、沢村伊織はちょうど診察中だった。

モへ長屋にある診療所である。

長屋の住人である三十代の女を診察しながら、伊織はすばやく状況を考えた。

さいわい、順番を待っている次の患者はいなかった。

(この機を逃しては、もう機会はあるまい)

伊織はとっさに、心を決めた。

ちらと入口に目をやり、声をかける。

「どうぞ、おあがりください。しばらくお待ちいただきますが、間もなく終わりますので」

その言葉に応じて、惣右衛門が土間に下駄を脱ぎ、あがってきた。供の丁稚は上框《あがりかまち》に腰をおろす。

そんなふたりに、下女のお松がさっそく茶を出した。さらに、惣右衛門の前には煙草盆を出す。

「では、次の一の日に薬を用意しておくので、受け取りにきなさい」

伊織の言葉に送られて女が帰るのと入れ違いに、惣右衛門が進み出て前に座り、深々と頭をさげた。

「先日は、お袋の件でご足労いただき、ありがとう存じました。お礼にうかがうのが遅くなってしまいましたが、葬礼などで落ち着かなかったものですから。

これは些少《さしよう》ですが、謝礼でございます」

惣右衛門がふところから懐紙の包みを取りだし、伊織の膝の前に置いた。

その厚みから、二両はありそうである。

伊織はちらと目を走らせただけで、手も触れない。

惣右衛門がそのぎょろ目を細めた。伊織の対応にややまごついている。その真意をはかりかねているのかもしれない。

伊織が静かに言った。

「これから、お話ししたいことがございます。その話をお聞きになったうえで、それでも謝礼はしたいということであれば、受け取りましょう。しかし、お持ち帰りいただくことになるかもしれませんが」

そう言い終えると、伊織は惣右衛門にも見えるように文机《ふづくえ》の上に紙を広げた。そして筆で大きく、「往診中につき不在」という意味のことを書く。

惣右衛門が鋭い視線で文言を見ていた。

伊織は書きあげた紙を、

「お松、表の戸を閉めて、これを貼ってくれ」

と、下女に手渡す。

さらに、財布から幾ばくかの銭を取りだして渡した。

「しばらく、外で遊んでくるがよい。私はこちらの方と話があるからな。仲よくなった長屋の女の子と、買い食いをしてきてもよいぞ。

私が内側から戸を開けないかぎり、私はいないということだ」

思いがけない事態に、お松は最初こそ途方に暮れていた。

だが、しばしの休みと小遣いがもらえるとわかり、しだいに喜びがこみあげてきたようである。

「へい、ありがとうごぜえやす」

お松が嬉しそうに、路地に出ていく。

そのあと、入口の腰高障子を閉じ、貼り紙を貼っている様子である。

「いったい、どういうことでしょうか」

惣右衛門の顔がやや険《けわ》しくなっていた。

伊織は静かに言う。

「ふたりきりで話をしたいと思いましてね。私としては精一杯、気を遣っているつもりですぞ」

「話とは、なんでしょうか」

「じつは先日、通旅籠町の根津美屋に行き、主人の忠兵衛どのと話をしてきたのです」

惣右衛門の身体が一瞬、ピクッと痙攣《けいれん》したかのようだった。

顔は引きつり、唇は薄く開いている。

「ですから、ふたりきりで話をしたいのです。いかがですか」

「わ、わかりました」

「お供がいますな」

伊織の指摘を受け、惣右衛門がハッとして振り向く。

供の丁稚がいたことを、すっかり忘れていたようだ。

上框に腰かけた丁稚は、事態の急変に不安そうな表情をしている。

「おい、てめえはもう帰ってよい」

「へい。それで、旦那さまは」

「俺はしばらく、こちらの先生と大事な話がある。それが終わったら、ひとりで帰る。てめえは、先に帰れ」

「へい、わかりました」

「戸を閉めていけよ」

丁稚が去り、伊織と惣右衛門のふたりだけになった。

入口の腰高障子が閉じられているため、室内はやや薄暗い。

＊

惣右衛門は気持ちを落ち着かせるためか、煙管で煙草をくゆらせはじめた。

伊織がやおら口を開く。

「先日、黒木屋にうかがったとき、私の供をしていた弟子の春更は戯作者でしてね。その影響もあってか、私は次のような戯作を考えたのです。主人公は商家の主人で、甲右衛門とします。

戯作はまだ完成しておりませんが、その筋立てをお話ししましょう。

甲右衛門は、自分の母親であるお秋《あき》を、ひそかに亡き者にしたいと考えました。甲右衛門の実の母親はすでに死んでおり、お秋は父親の後妻でした。つまり、お秋は甲右衛門にとって継母《ままはは》ですな。

しかし、たとえ継母でも母は母です。もし、甲右衛門がお秋を殺せば、どんな理由や事情があろうとも極悪非道な『親殺し』と見なされ、重罪です。市中引廻しのうえ、小伝馬町《こでんまちょう》の牢屋敷で首を斬られたあと、小塚原か鈴ヶ森の刑場で首を晒《さら》される獄門刑に処されるでしょうな。

しかし、甲右衛門をたんなる人倫に背《そむ》いた極悪人に仕立ててしまっては、描き方としてあまりに単純軽薄です。甲右衛門には人知れぬ苦悩があったはず。そのあたりをきちんと書いてこそ、作品に深みも出ると思っているのですが、私の構想ではまだまとまっておりません」

惣右衛門の顔面は蒼白《そうはく》になっている。煙管を持つ手がかすかに震えていた。

伊織が淡々と続ける。

「ともあれ、甲右衛門は、殺人とはけっしてわからない形で、母親を死に追いやる計画を練りました。

お秋は心臓に持病がありました。出入りの医者からも、興奮して心臓がドキドキするようなことは慎《つつし》むよう言いわたされていたほどです。

甲右衛門は母親の心臓が弱っていることは当然、知っていたはずです。そこで、この持病に着目したのです。

かつて商用で外出したおり、甲右衛門は通旅籠町の根津美屋という店で、白鼠《しろねずみ》を売っているのを見たことがありました。これを思いだし、甲右衛門は白鼠を利用することにしたのです。

この着想はじつに出色《しゅっしょく》ですな。戯作でも読者に『あっ』と言わせる、非凡な趣向と言えましょう。

白鼠であれば疑いを招かないという点も、じつに巧妙な判断でした。というのは、普通の鼠が思いがけない場所に不意に飛びだせば、

『なぜ、こんなところに鼠が』

と、疑問を抱く人もいるはず。

ところが、白鼠が出現すれば、人は縁起がいいと他愛なく喜び、もう疑念など生まれる余地がなくなるからです。白鼠の吉兆《きっちょう》に惑わされてしまうわけですね。

甲右衛門はある日、供も連れず、ひとりでふらりと外出しました。行先は、通旅籠町の根津美屋です。

黒目の白鼠一匹を買った甲右衛門は、持参した風呂敷で箱ごと包み、自分で手にさげて持ち帰りました。根津美屋は、

『丁稚に運ばせましょう』

と申し出たのですが、甲右衛門は断りました。自分の身元を知られたくなかったからです。

今回の計画でいちばんの難関が、店に戻ってからでした。

家族はもちろん、店の奉公人にも知られないようにしなければなりません。甲右衛門はあらかじめ、物置などに鼠の箱の隠し場所を作っておいたのです。

そして、これまた、あらかじめ用意しておいた、口の広い壺の中に白鼠を移しました。

壺であればつるつるしているので、さしもの白鼠も逃げだすことはできません。

また、壺であれば、部屋のどこかにさりげなく置いておいても、誰も怪しみませんからね。これも、じつにうまい隠し場所と言えましょうね。

かくして、白鼠はその夜を壺の中で過ごしました。中には餌《えさ》の玄米も入れてあったので、飢えることはありません。また、壺の中で糞《ふん》もしたのです。この糞がのちに、白鼠が壺の中に隠されていた証拠になったのですがね。

翌朝、甲右衛門はひそかに、お秋の動向をうかがっていました。

そして、お秋がしばらくして自分の部屋に行くのを察知すると、甲右衛門は部屋に忍びこみ、壺を逆さにして立てたのです。中にいた白鼠は真っ暗な中で、畳の上を這いまわっていたことになりますね。

しばらくして、お秋が自分の部屋に入りました。すぐに壺に気がつきます。ごく普通の壺ですから、警戒というより不思議に感じたでしょうね。

お秋はとくに疑うこともなく、

『おや、いったい、どうしたのかしら』

と、なにげなく壺を手に取り、持ちあげました。

その途端、足元に白鼠が飛びだしてきたのです。

お秋が受けた衝撃は察するにあまりあります。驚愕と恐怖でしょうな。弱っていた心臓は停止し、悲鳴をあげることもありませんでした。

白鼠はすでにどこやらに逃げてしまい、もう姿はありません。畳の上には壺が転がっているだけ。

かくして、甲右衛門の企みは見事に成功したのです。

ただし、ひとつの誤算がありました。それは、お秋が『弁慶の立ち往生』状態という、奇怪な死に方をしていたことです。

もし、お秋が畳の上に横たわっていたら、甲右衛門は、

『おっ母さんが倒れた。先生を呼べ』

と、日ごろ出入りの漢方医を呼んでいたでしょうな。

そうすれば、漢方医はかねてお秋の心臓が弱っていたことを知っているだけに、頓死《とんし》と診断し、それで一件落着になっていたはずです。

ところが、お秋の死に方があまりに奇怪なため、甲右衛門は奉公人の手前もあって、死因究明のため蘭方医を呼ばざるをえませんでした。

というより、甲右衛門自身、なかば恐怖を覚えつつも、奇怪な現象の真相を知りたいという気持ちが強かったのかもしれませんな。

そのあたりを考えると、私も甲右衛門という人物に憎しみの感情は湧いてきま

せんでね。どうして堅実な商家の主人が『親殺し』などという危ない橋を渡ったのだろうか、という疑問のほうが強いですな。

ところで、壺から逃げだした白鼠ですが、隣家の台所に姿を現しました。これを知って、隣家の主人が、

『白鼠を生け捕りにして持参すれば、賞金として一両一分を渡す』

と宣言したため、一帯はちょっとした騒ぎになりました。

この騒ぎを聞いて、甲右衛門はヒヤッとしたでしょうね。もちろん、自分につながることはないと、自信はあったでしょうが、一抹の不安は覚えたはず。

ただし、白鼠は野良猫に喰われてしまったものか、けっきょく見つからず、いつしか白鼠探しも終息しました――というわけです。

これが、私が考えた筋立てなのですがね」

伊織の話が終わった。

惣右衛門は無表情だったが、唇は薄く開いていた。

煙草盆の灰落しに煙管の雁首《がんくび》をこつんと打ちつけ、灰を落としたあと、惣右衛門が言った。

「お奉行所のお役人に知らせるおつもりですか」

「いえ、そんなつもりはありません。私は医者ですから、人を裁く役割ではありません」

「では、それでは不足だということでしょうか」

惣右衛門が、伊織の膝の前に置かれた懐紙の包みに視線を落とした。

恐喝と思われていることになろう。

伊織はきっぱりと否定する。

「いえ、金が目的ではありません。さきほども申したように、このまま持ち帰っていただいてもけっこうですぞ」

「では、先生の目的はなんですか」

「甲右衛門の動機を知りたいのです。そのあたりが曖昧なままでは、戯作は完成しませんのでね。

謎解きと言ってもいいかもしれません。自分がかかわった以上、謎のままなのは我慢できないと言いましょうか」

惣右衛門は黙然としている。

まさに、疑心暗鬼なのに違いない。

ふたりが無言のままのため、急に路地の物音や声が聞こえてきた。

診療所の腰高障子の前で、誰かが話をしている。

「なにか貼り紙がしてあるぜ」

「なんて書いてあるんだい」

「それがわかれば、おめえに尋ねるもんか」

伊織は聞き覚えのある声だと思った。

ふたりとも、字が読めないらしい。

そのとき、女の子が言った。

「今日は、しばらくお休みですよ。先生は、お出かけです」

下女のお松の声である。

遠出はせず、近くで遊んでいるようだった。というより、遊んできていいと言われたものの、やはり気になり、入口を見張っているのであろう。

お松なりに伊織の意を酌《く》んで、人が入らないようにしているのだろうか。

伊織は、お松の生真面目さが微笑ましくも、嬉しかった。

惣右衛門が口を開いた。

「あたくしであれば、戯作の筋立てはこうしますな。

甲右衛門を生んだ母親が死んだことから、父親は後妻をもらいました。名はお秋としましょう。お秋は、甲右衛門にとっては継母ですな。

そして、父親とお秋のあいだに、男の子が生まれました。名は乙次郎《おつじろう》としましょう。甲右衛門にとって、乙次郎は異母弟ですな。

父親はあくまで家業は甲右衛門に継がせるつもりだったので、将来のことを考え、早い時期に乙次郎を別の商家に奉公に出しました。お秋はずいぶん反対したようですが、父親は押しきりました。

父親が存命だったときは、お秋も爪を隠していたのですが、実際にはひそかに爪を研《と》いでいたのですな。

五十を前にして父親が亡くなりますと、お秋が途端に策動をはじめましてね。というのも、甲右衛門と女房のあいだには女の子だけで、男の子はいなかったのです。

お秋は当初、甲右衛門の娘と乙次郎を娶《めあわ》せようとしました。

しかし、乙次郎と甲右衛門の娘は、叔父と姪の関係になります。いわゆる畜生《ちくしょう》道《どう》にあたり、とうてい許されるものではありません。

甲右衛門はお秋に理《ことわり》を分けて説き、縁組を断念させました。

当初の計画に失敗したお秋は、今度は乙次郎を甲右衛門の養子にしようとしたのです。

ところが、甲右衛門は娘に婿《むこ》をもらい、家を継がせるつもりでした。すでに婿の候補もいて、娘もその気になっておりました。

甲右衛門としてはもう、あとには引けません。そこで、乙次郎を養子にする件を受け入れなかったのです。

かくして、表面上はともかく、水面下では甲右衛門とお秋は角突《つのつ》きあわせていたと言いましょうかね。

お秋は心臓が弱いという持病がありました。自分が長くはないかもしれないので、どうにかして自分の目の黒いうちに、実子の乙次郎を呼び戻したいという焦りがあったのかもしれません。思いつめたと言いましょうかね。

甲右衛門とその娘は、ある日の夕食後、猛烈な腹痛と吐き気に襲われましてね。七転八倒とはまさにこのことです。医者の手当てを受け、ようやくふたりとも回復しました。医者の診立てでは、

『食当たりでしょうな』

ということでした。

ちょうどその日、初鰹《はつがつお》を買い、刺身を辛子味噌《からしみそ》で食べたのです。鰹が古かったのかもしれないと、甲右衛門も医者の診立てに納得したのですがね。

初鰹といっても、商家が値さがりを待って買うころには、かなり古くなっているのが普通ですからな。甲右衛門も、

『見栄を張って、初鰹なんぞ食うものじゃないな』

と、冗談を言っていたくらいです。

ところが、そのあと、ひょんなことからお秋が石見銀山を入手していたらしいことがわかったのです。同じ町内にある裏長屋に、石見銀山鼠取の行商をしている男が住んでいましてね」

伊織は「えッ」と叫びそうになったが、かろうじてこらえた。

惣右衛門が言及している行商人は、モヘ長屋の藤助に違いない。黒木屋のお菊は、なんと藤助に接近していたのだ。

考えてみれば、黒木屋もモヘ長屋も同じ須田町である。お菊が、「石見銀山鼠取」の幟《のぼり》をかかげた藤助の姿を通りで見かけ、モヘ長屋に住んでいるのを突き止めたとしても、少しも不思議はない。

目立たないよう、お菊はひとりでモヘ長屋の藤助を訪ね、石見銀山鼠取を購入

したのであろう。

もちろん、藤助にはなんの責任もない。相手が黒木屋の後家ということも知らなかったろう。当然、お菊は身元を偽っていたろうからだ。

伊織は黙って相手の話をうながす。

「ある人の世間話から甲右衛門は、お秋がひとりで長屋に出かけていき、鼠退治をするという名目で石見銀山を買ったらしいことを知ったのです。

とすれば、食当たりどころか、一服盛られていたわけですね。しかも、甲右衛門だけでなく、その娘も狙ったことになります。

これを知り、甲右衛門も心を決めました。

『今回は失敗に終わったが、きっと次があるであろう。こうなれば、先手を打つしかない』と。

こうして、甲右衛門はお秋を亡き者にする計画を練ったのです。

白鼠の利用を思いついたのは、お秋が石見銀山鼠取を用いたので、その逆手《さかて》を取ってやろうという気分もあったでしょうな。

お秋の死後、甲右衛門が遺品を整理していて、石見銀山の使い残りを見つけました。もちろん、誰にも見せず、そっと処分しましたがね」

惣右衛門の話が終わった。

どことなく、表情がおだやかになっている。胸のうちの懊悩《おうのう》をすべて吐きだしたからだろうか。

いっぽう、伊織は重苦しい気分だった。これで謎が解けたとは思ったが、達成感にはほど遠い。

「なるほど、その筋立てで甲右衛門の動機が理解できますな」

伊織は、惣右衛門にしてみれば、身を守るためだったと思った。いや、自分以上に娘を守りたかったろう。しかし、親殺しには違いない。

惣右衛門は、煙管の雁首に煙草を詰めた。煙草入れの火入れで火をつけ、吸いこむ。

フーッと大きく煙を吐きだしたあと、言った。

「この筋立てをお聞きになって、いかがですか。先生は甲右衛門の親殺しを、お役人に届けますか」

「さきほども申しあげたとおり、私はお役人に届けるつもりはありません。それどころか、もう戯作を書くのはやめにしますよ。

まあ、私は戯作者の柄ではないですからね。すべて、胸に秘めておきます」

「そうですか。

では、先生は、甲右衛門は今後、どうすべきだとお思いですか。このまま、何食わぬ顔で生きていくわけにはまいりますまい」

「そうですね、やはり、なんらかのけじめをつけるべきでしょうが、それは甲右衛門自身が決めることです。

ただし、忘れてはならないのは、甲右衛門ひとりではないということです。お内儀《ないぎ》もいれば、娘御もいます。また、店もあり、奉公人もいます。甲右衛門はすべてに責任のある身ですからね。身内の人間に汚名を着せたり、店を潰したりするような結果にだけはならないようにしたほうがよいでしょう。

そのあたりを熟慮して、けじめをつけるべきでしょうね」

「わかりました。甲右衛門がどうすべきかの筋書きは、これから考えねばなりますまい。

先生のご配慮は身に沁みました。心より御礼申します」

惣右衛門が煙管を煙草入れにおさめ、一礼する。

伊織が膝の前に置かれた懐紙の包みを示した。

「これは、持ち帰りますか」

「いえ、あらためて御礼を申しあげます。些少ですが、お納めください」

「さようですか、では、ありがたく頂戴します」

「では、これにて失礼いたします」

惣右衛門が立ちあがった。

土間の下駄に足をおろそうとして、伊織が上框に立っているのを見て、惣右衛門が恐縮した。

「お見送りいただいては、痛み入ります」

「いえ、表に貼ってある紙をはがさねばなりませんから」

「ああ、そうでしたね」

惣右衛門が、自分の勘違いに声をあげて笑った。

伊織は惣右衛門の笑い声を初めて聞いた気がした。

二

岡っ引の辰治は玄関の三和土《たたき》に立ち、

「おや、蛻《もぬけ》の殻《から》とは、どうしたことだ」

と、独り言を言った。

独り言にしては大きな声である。

すぐに聞きつけて、台所にいたお繁が姿を現し、

「あら、親分。あいにく、往診に出かけていましてね」

と、気の毒そうに言った。

辰治がいかにも残念そうな顔をする。

「おや、そうでしたか。じつは、半時《はんとき》（約一時間）ほど前、ちょいとのぞいてみたところ、何人か待っているようだったので、湯島天神の境内をぶらついていたのですよ。

もうそろそろと思って、やってきたのですがね。今度は、入れ違いになったわけですな」

「やはり親分でしたか。さきほど、ちらと親分の顔が見えた気がしたのです。声をかけようとしたら、もう姿はありませんでしたので」

「そうでしたか。この面《つら》を覚えていただいていたとは、光栄ですな」

「もうすぐ帰ってくると思いますので、あがってお待ちください」

「では、出直すのも面倒なので、待たせてもらいましょうか」

辰治が上がりこむ。

お繁がすぐに茶と煙草盆を出した。

「そういえば、境内で陰間《かげま》を見かけましたぜ。振袖《ふりそで》を着て、駒下駄をからころ鳴らして歩いていましたが、やはり、ちょいとそそられるものがありますな。あれは、妙な気分ですぜ」

「あたしは門前で育ったので、もっぱら『お若衆《わかしゅ》さん』と呼んでいました。女のあたしでも、お若衆さんをきれいだなと思うことがしばしばありましたよ」

お繁は下町育ちなので、こうした話題に眉をひそめることはない。

俄然、辰治が興味を示す。

「陰間と話をしたこともあるのですかい」

「子どものころ道で、あたしは相手が『お姉ちゃん』とばかり思って話をしていたことがありました。あとで、おっ母さんから、

『あれはお若衆さんといって、女ではないんだよ。本当は男だよ』

と聞かされ、不思議に感じたものでした」

「ほほう、湯島天神の門前には陰間茶屋が多いですからな。陰間も普通に道を歩いていますな」

「陰間茶屋はお若衆さんが住んでいますが、お客はあげません。お客はいったん料理屋にあがり、陰間茶屋からお若衆さんを宴席に呼びだすのです。床入りするのも、料理屋の奥座敷です」

「ほう、さすがにくわしいですな」

「あたしの実家は仕出料理屋だったので、お若衆さんが来ることはありませんでした。近所の料理屋にお若衆さんが出入りしているのを見て、あたしは羨《うらや》ましかったものです。

『うちが普通の料理屋だったら、お若衆さんが来るのに』

と、恨めしい気持ちでした」

辰治が愉快そうに笑いだす。

そこに、沢村伊織が戻ってきた。

「おや、先生。ご新造さんと、陰間論議をして盛りあがっていたところですよ。いよいよ、これから佳境に入るところだったのですがね」

辰治は残念そうだった。

＊

伊織と向きあって座ると、さっそく辰治が言った。

「ほかでもない、心中をした泉州屋の清吉と、森田屋のお千恵の件ですがね。わっしもそのあと、いろいろと面倒を抱えていたもので、お知らせにくるのが遅くなってしまいました」

「私も気にはなっていたのですが」

そう言いながら、伊織はちょっとばつが悪かった。

じつは黒木屋の件をずっと考えていて、心中事件のことはほとんど頭の隅に追いやっていたのだ。

清吉の父親である泉州屋加左衛門と、お千恵の父親である森田屋文右衛門のふたりは自身番に出頭し、同心の鈴木順之助から尋問されたはずである。

その結果を、辰治は報告にきたわけだった。

「鈴木の旦那には、わっしもあらためて感服しやしたよ。あの旦那は一見、ぐうたらなようでいて頭は切れるし、なかなか人情味もある人でしてね。

心中した男女が双方死亡した場合、『死骸取捨、葬式禁止』というのは、お上が定めたこととはいえ、鈴木の旦那は常々、あまりに厳しすぎると感じていたようですな。

とくに子を失った親にとって、『死骸取捨、葬式禁止』はあまりに残酷な仕打ちです。

そのため、これまで心中の検使に出向いたとき、鈴木の旦那は双方の親の気持ちを斟酌《しんしゃく》して、心中の事実には目をつぶり、

『これは事故だ。運悪くふたり一緒にいたため、こうなったのだろう』

『これは流行《はや》り病《やまい》で、相次いで倒れたのだろう』

などと、とぼけていたようですな。

双方の親が涙を流して感謝したのはもちろん、町役人なども鈴木の旦那のはからいに、ずいぶん礼を述べていたようです」

「そうでしたか、私も鈴木さまの考えには賛成です」

伊織も鈴木の処置に共感した。

男と女が同意のうえで自害したのである。悲嘆に暮れている双方の親に対し、「死骸取捨、葬式禁止」を命じるのは、あまりに心無い処断と言えよう。

伊織も心中した男女の死体は、あえて事故死や病死と診断してもよいと、ひそかに思っていた。

だが、今回の心中事件は別だった。

辰治が続ける。

「今回の清吉とお千恵の心中についても、鈴木の旦那としては当初、事故死や病死にしてしまう心積もりだったのです。

ところが、検使に出向いてふたりの死体を検分すると、傷や刃物の状況からは心中と思えるのに、清吉とお千恵の死体の様子からすると、死亡時期がずれています。

これでは、心中とは言えません。他殺とも思えるわけです。となれば、捜査をしなければなりません。

そんな鈴木の旦那の迷いを見て、泉州屋加左衛門と森田屋文右衛門がごり押しをしてきたのです。

『倅《せがれ》と娘は殺されたに違いございません。どうか、お調べを願います』

と、いうわけですよ。

まあ、ふたりにしてみれば、殺人だったら『死骸取捨、葬式禁止』はまぬかれますからな。それぞれ、倅と娘をきちんと弔い、菩提寺《ぼだいじ》の墓地に葬ってやれるわけです。親心としては、それを願うのは当然でしょうがね。

しかし、ふたりが殺されたことを立証したいあまり、泉州屋加左衛門に至っては奉公人に無実の罪を着せかねませんでした。

ここに至り、鈴木の旦那は心中をなかったことにする配慮はやめ、とにかく冤罪を防ぐことにしたのです」

「なるほど、それで私にお呼びがかかったわけですか」

「そういうわけでしてね。

先生に検屍をしてもらい、心中と断定してもらう。

しかも、泉州屋加左衛門と森田屋文右衛門に言いたい放題を言わせておいて、最後はぐうの音も出ないほどと言いますか、ぎゃふんと言わせるといいますか、ふたりをとっちめる趣向ですよ。

そのため、鈴木の旦那は用事があるとか称して自分は立ち去り、実際は自身番で待っていたのですがね。

すべて、鈴木の旦那の計画どおりに進んだと言えるでしょうな。旦那が、

『先生に、くれぐれもよろしくと申しあげてくれ。先生のおかげで迷いがなくな

った』

と、言っていましたぜ」

「そうですか。すると、心中として処置されたわけですね」

伊織は、少なくとも自分が冤罪を防ぐのに役立ったのを知った。

心中として杓子定規《しゃくしじょうぎ》に扱われるのは気の毒だが、冤罪を防ぐためとあればやむをえないであろう。

「今回は鈴木の旦那も見て見ぬふりをすることはせず、厳格に処置しましたよ。

清吉とお千恵の死体は菰《こも》に包まれ、小塚原の刑場に運ばれていきました。ふたりの母親が泣いているのが不憫《ふびん》でしたがね。

泉州屋加左衛門と森田屋文右衛門はお奉行所に呼び出され、『屹度叱《きっとしかり》』になりました。

まあ、お奉行さまからお叱りを受けたわけですな。手鎖や所払いにならなかっただけ、ありがたいと思わなきゃあいけやせんぜ。

それにしても、わっしは、

『雉《きじ》も鳴かずば撃たれまい』

という諺《ことわざ》を思いだしましたよ。

これは、講釈で聞き覚えたのですがね。

加左衛門と文右衛門はなまじ鳴いたがために、鈴木の旦那の心遣いをぶち壊しにしてしまい、あげくは自分たちも憂《う》き目を見たのですからね」

「なるほど、『雉も鳴かずば撃たれまい』はぴったりの諺ですね」

「清吉とお千恵が心中した理由ですが、もちろん、ふたりは死んでしまっているので、いわば『死人に口なし』で、本当のところはわからないのですがね。

鈴木の旦那が自身番で、加左衛門と文右衛門に尋問したのです。そのほか、わっしも泉州屋と森田屋の奉公人に聞きこみをしましてね。

おおよそ、次のような事情でしたよ。

ふたりとも、縁談が持ちあがっていたのです。

清吉の相手は、同じ搗米屋の娘なのですが、その搗米屋の主人は、加左衛門の主筋にあたるとかでしてね。加左衛門としては断れません。また、清吉にしても父親の勧める縁談は断れませんからね。

いっぽう、お千恵は嫁ぎ先が川崎（神奈川県川崎市）だったそうで、江戸から離れることになります。お千恵にしても、父親の文右衛門が勧める縁談は断れませんからね。

そんなこんなで、ふたりは悲観して、死を選んだのでしょう。まあ、ほかにも、他人にはうかがい知れない理由があったのでしょうがね」

「そうでしたか」

それ以上、伊織は言うべき言葉がなかった。

清吉とお千恵の凄惨な死体は見たが、生きているときのふたりは知らない。なまじ教訓じみた、あるいは哀惜《あいせき》の言葉を発するのは、かえってふたりを冒瀆《ぼうとく》する気がした。

いま、ふたりの遺体は小塚原で土に返っているであろう。野犬や鼠、烏《からす》に荒らされないのを願うのみである。

ふと見ると、いつしか備前屋太郎左衛門と大家の甚兵衛、それに鳶《とび》の者ひとりが来ていて、お繁が相手をしていた。

次の客があると知り、辰治は、

「おや、先生はお忙しいですな。では、わっしは早く退散しやしょう」

と、そそくさと帰っていく。

辰治が姿を消したあとも、太郎左衛門は三和土に立ったままだった。

「先生、突然で恐縮ですが、これから下谷《したや》山崎町《やまざきちょう》までご同行願えませんか」

「白骨の件ですか」

「はい、渡辺弥四郎さんの住まいが知れたのです」

伊織は、行かざるをえないと思った。

というより、ぜひとも渡辺が下手人であることを検証したい。また、白骨の身元もあきらかにしたかった。念のため、護身用の杖を手にすることにした。

三

行先は、下谷山崎町の裏長屋である。一行は、木戸門の前でしばし立ち止まった。

一行は、備前屋太郎左衛門、大家の甚兵衛、鳶の者、そして同行を要請された沢村伊織である。

太郎左衛門が伊織に言った。

「渡辺弥四郎さんはずっと、山下で大道易者をしていたそうですよ。それで、易者仲間に尋ねると、すんなり住まいもわかったのです。調べてくれたのは、こちらの鳶の若い衆ですがね。

ただし、渡辺さんは、いまは病に伏せっているそうでして。というより、死を待っている状態のようですな。

そのためもあり、先生に同行をお願いしたのです」

伊織は黙ってうなずく。

鳶の者が先に立ち、木戸門をくぐって路地を奥に進んだ。

路地の両側は長屋である。

男の四人連れを、路地にいた子どもたちが驚いて見つめている。とくに羽織姿の太郎左衛門と伊織、それに印半纏《しるしばんてん》姿の鳶の者は珍しいのかもしれない。

どこやらで赤ん坊の泣く声や、母親が子どもを叱りつける声がする。どこの裏長屋にもある光景と言えよう。風に乗って異臭が漂ってくるが、ゴミ捨て場の臭いかもしれない。

裏長屋では昼間は明かり採りのため、入口の腰高障子は開け放つのが普通である。ところが、昼間にもかかわらず、表の腰高障子を閉じた家があった。

「ここです」

鳶の者が言った。

腰高障子に、なかなかの達筆で、

御うらない所
周易観相

と書かれている。

伊織は文字を眺めて、

(周易《しゅうえき》とあるから、いわゆる八卦《はっけ》占《うらな》いだな。観相《かんそう》とあるから、人相も観るのだろう。山下で占い稼業をやるいっぽう、家でも占いを受けつけていたのかもしれぬな)

と思った。

筆跡からして、渡辺はそれなりに教養があるようだった。

いつの間にか、路地に数人が出てきて、伊織たちのほうを注視している。やはり、四人の男連れは目立つのであろう。「いったい、何事か」と、みな好奇心をあらわにしていた。

鳶の者が太郎左衛門の顔を見て、小声で確かめる。

「旦那、よろしいですね」

太郎左衛門がうなずく。

「ちょいと、ごめんよ」

そう大声で言いながら、鳶の者が腰高障子を勢いよく開いた。

伊織はハッとした。

部屋の中に、抜き身を持った男がいたのだ。剣先を、蒲団に寝た者の胸のあたりに向けている。

「なんだ、きさまら」

刀を持った男が怒鳴った。

頭は五分《ごぶ》月代《さかやき》で、いちおう袴をつけていたがよれよれだった。浪人であろう。

いかにも、すさんだ顔をしていた。

刀を構えたまま土間におり、憎々しげに言った。

「ははん、てめえらも渡辺の金が目当てか」

鳶の者は太郎左衛門をかばうようにしながらも、ずるずると後退する。

いくら喧嘩慣れした鳶の者でも、素手では刀を持った相手にとうてい太刀打ちできない。

浪人は、剣先を鳶の者の胸に突きつけ、

「きさまら、渡辺とどういう関係だ」

と、土間から路地に出てきた。

鳶の者は逃げだしたいのをこらえ、太郎左衛門の盾《たて》になっている。

路地に集まっていた住人のあいだから、

「わっ」

と、悲鳴があがった。

幼い子どもの手を引き、あわてて逃げだす母親がいる。

伊織が手にした杖で、浪人の右手首をピシリと打った。しかし、打撃は刀を取り落とすには不十分だった。

「なにぃ、きさま」

浪人が歯をむきだして唸《うな》った。

刀を大きく振りかぶり、伊織に向けて斬りつけようとする。胸部も腹部もがら空きになった。

すばやく杖を水平に構えたあと、伊織は大きく右足で踏みこみながら、突進の勢いをこめて右手で突いた。

かつて長崎で習得したフェンシングの突きである。

浪人は予想もしなかった伊織の動きに、まったく対応できなかった。

杖の先端は、鉄の輪で補強してある。その先端が左の脇腹に食いこむ。

浪人は、

「ぐえっ」

とうめき、身体をふたつに折った。

そのまま、唇の端から胃液を垂らしながら、路地のドブ板の上にがっくりとくずおれた。

刀はすでに手を離れ、そばに転がっている。

「早く、刀を取りあげてください」

伊織の指示に応じて、鳶の者が転がった大刀を拾いあげた。続いて、腰の脇差も鞘《さや》ごと抜き取った。

鳶の者は刀を奪い取ったあと、

「旦那、念のため、縛りあげておきやしょうか。

この野郎め」

と、浪人の腰のあたりを蹴りつける。

太郎左衛門は一瞬、ためらっている。町人の身分で武士を縛るとどうなるか、躊躇《ちゆうちよ》していた。

だが、武士といっても浪人である。

「うむ、よかろう」

太郎左衛門の許しを得て、鳶の者が手ぬぐいで、浪人の手と足を固く縛る。じつに手際がよかった。

＊

いつしか騒ぎを聞きつけて、路地に人があふれていた。

太郎左衛門が、長屋の大家らしき男に声をかけた。

「この長屋の大家どのですかな」

「さようです。この騒ぎは、どういうことでしょうか」

「渡辺弥四郎さんを訪ねてきたところ、この男が刀を抜いて刺し殺そうとしておりました。危ういところでしたぞ。こちらの先生の機転で、捕えました。こうして縛りあげておりますから、安心です。

ともかく、渡辺さんに話を聞くのが先決でしてね。のちほど、ちゃんとご説明にあがります」

大家は、太郎左衛門の物腰と貫禄に圧倒され、

「へい、そういうことなら、へい」

と、あっさり認めた。

太郎左衛門、甚兵衛、伊織の三人が室内にあがる。鳶の者は路地で、縛りあげた浪人の番をする。

室内には、饐《す》えたような臭いがこもっていた。

垢《あか》じみた薄汚い煎餅《せんべい》布団に、男が仰向けに寝ていた。

げっそりと頬がこけ、顔色は青黒かった。髪は伸び放題で乱れ、唇の周囲や顎《あご》は無精髭《ぶしようひげ》に覆われて、目ばかりがギラギラしている。

歯を食いしばり、

「うう、うう」

と低く唸り続けているのは、痛みに耐えているようだ。

太郎左衛門が甚兵衛に言った。

「どうですか」

そばに座り、顔をのぞきこんだ甚兵衛が、

「あまりに面変《おもが》わりしているので、なんとも。まあ、そう思ってみれば、そう見えなくもないですな」

と、自信なさげに言った。

それでも、思いきって声をかける。

「易者の渡辺弥四郎さんですか。あたしは、湯島天神門前の長屋の、大家の甚兵衛ですが、おわかりですか」

「ああ、わかりますぞ」

かすれた声が返ってきた。

「お医者さまに同行を願いました。まず、診てもらいましょうかな」

太郎左衛門が伊織をうながす。

伊織は、垢じみた寝巻から出ている、骨と皮ばかりになった手を取り、脈を診た。弱々しい脈だった。

続いて、着物をはだけ、胸や腹部を診ていく。すぐに、腹部のしこりに気づいた。触診から、胃がんと判断した。しかも、末期症状である。

伊織は太郎左衛門と目が合うと、ゆっくり顔を左右に振った。死期が近いことを、太郎左衛門も甚兵衛も察したようである。

ふたりがかけるべき言葉に迷っているのを見て、伊織が話しかけた。

「お手前が以前、住んでいた長屋の床下から白骨が見つかり、私が検分しました。男の白骨でした。丸裸にされた死体が埋められたのは、お手前が長屋を出ていく少し前だったとわかりました」

渡辺は黙って天井を見ている。

「お手前が殺して、埋めたのですな」

依然、返事はない。

「われらは、もはやお手前を町奉行所の役人に引き渡すつもりはありません。命が長くないのは、ご自分でもおわかりのはず。死にゆくお手前を、われらは邪魔するつもりはありません。

しかし、白骨の身元を知りたいのです。遺族があまりに可哀相ではありませんか。せめて、すでに死んでいることを知らせてやりたいのです」

渡辺の喉が、聞き苦しい音を発した。

ややあって、ようやく言葉になる。

「そなたは、医者だな」

「さようです」

「頼みがある。その頼みを聞いてくれたら、なんでも答えよう」

「頼みとは、なんでしょうか」

「痛みが耐えがたい。痛みをやわらげる薬が欲しい。なんなら、ひと思いに死ねる薬が欲しい」

伊織は、麻黄《まおう》を主体とした薬を調合すればよいと思った。麻黄の使用は注意が必要だが、死期が迫っている人間には無意味な配慮であろう。

「わかりました。完全に痛みがなくなるとは思えませんが、かなり楽になるはずです。あとで調合して、届けましょう」

渡辺の顔がほっとゆるんだ。

ずっと痛みに苦しんできたようだ。

「下谷車坂町《したやくるまざかちょう》に、微禄の御家人の組屋敷がある。そんな組屋敷に生まれた次男坊だ。遠藤英次郎《えんどうえいじろう》といった」

「微禄の御家人とはいえ、幕臣には違いありますまい」

「幕臣の倅に違いないが、悪人でもある」

「どういうことですか」

「最初は、拙者に弟子入りを申しこんできたのだがな。次男坊で家督は継げないから、易者になりたいということだった。

しばらく付き合ううち、拙者も英次郎の性根がわかった。とにかく、ろくでもないやつだ。もちろん、拙者もろくでもない人間だがな。

そこで、役割分担をした。儲《もう》けは半々の約束だったが、おそらく英次郎は大半を自分のものにしていたに違いない。

拙者が占いのとき、相手の家の事情を探る。金がありそうで、忍びこみやすいと見たら、英次郎が盗みに入った。

盗みをするだけで、けっして人を傷つけないのを信条としておった。べつに人の命を憐れんだわけではない。盗みだけなら、役人もさほど躍起にはならないからな。それだけのことだ。

ところが、あるとき英次郎は、盗みに入った先で気づかれ、取り押さえられそうになった。脇差だけを帯びていたのだが、それを抜いて相手を刺し殺した。

拙者は、はずみからとはいえ人殺しをした英次郎と付き合っていれば、いずれ一網打尽になるのを恐れた。そこで、英次郎が拙者のところに来たとき、隙を見て絞め殺した。

そのとき、家内はすでに死んで、拙者は独り暮らしだったからな。畳をはがし、英次郎の死体を床下に埋めた。一年ほどして、引っ越しをした。

英次郎が行方不明になっても、心配する者などひとりもいなかったろう。遠藤家では厄介払いができて喜んでいたはず。

いまごろ、下谷車坂町の遠藤家に、英次郎が白骨で見つかったと告げにいっても、迷惑がられるだけです。下手をすると、塩を撒《ま》かれかねませんぞ」

言い終えると、渡辺はヒヒヒヒと笑った。

その後、腹部の苦痛で顔をゆがめる。

伊織は、まさに渡辺の言うとおりだと思った。遠藤家では、けっして英次郎と認めないかもしれない。

太郎左衛門も甚兵衛も、暗澹《あんたん》たる顔をしている。

「ところで、さきほどの男はなぜ、刀でお手前を脅《おど》しておったのですか」

「あの男は浪人で、八木多右衛門《やぎたえもん》という。まあ、拙者や英次郎と同じ穴の狢《むじな》のような男だ。

拙者が死にそうだと伝え聞いて、金を奪いにきた。拙者が金を貯めこんでいると思ったようだな。

『どうせあの世に逝《い》くのだから、もう金は要るまい。こちらに寄こせ』

というわけだ。

正直に言おう。金などない。八木は愚かな奴だ。叩けば埃《ほこり》が出る男だから、役人に引き渡すのもおもしろいかもしれぬ。

さて、ほかに知りたいことはあるか」

伊織が太郎左衛門と甚兵衛の顔を見る。

ふたりは顔を横に振った。

これ以上、知りたいことはなかった。というより、もう、うんざりという気分だったろう。

辞去するに際し、伊織が言った。やはり、約束は約束だった。

「では、痛み止めの薬は、明日にでも届けますぞ」

ただし、今夜にでも容態が急変して、薬は間に合わないかもしれなかった。

路地に出ると、太郎左衛門が伊織と甚兵衛に言った。
「白骨の身元は遠藤英次郎とわかりましたが、遠藤家には知らせません。もうこれで打ち切りとしましょう
白骨は身元不明として葬ります。

少なくとも冤罪を生まなかったことを、よしとすべきでしょうな。よろしいですか」

伊織も異存はなかった。

遠藤家に知らせても感謝されるどころか、迷惑がられるだけであろう。甚兵衛も、うなずいている。これで厄介払いができる気分らしい。

太郎左衛門が、ドブ板の上に転がっている八木を見て、

「さて、この男はどうしましょうか」

と、小声で言った。

たしかに、いまになると始末に困る。

渡辺が言っていたように、八木は叩けば埃が出る身であろう。しかし、自身番に送り、役人に引き渡せば、ここの長屋の大家が大きな面倒をしょいこむことになろう。

また、少なくとも今日は、渡辺を刀で脅していただけで、とくに人に危害を与えたわけではない。

「ここは放免したほうが、後腐《あとくさ》れがないでしょう。とりあえず、私が話をして、因果を含めましょう」

太郎左衛門が言った。

八木は手足を縛られながら、

「武士に対してこのような無礼を働き、このままで済むと思うなよ」

と、罵《のの》り続けている。

太郎左衛門がそばにしゃがんだ。

「八木多右衛門さんですな」

八木がギクリとした顔になる。

姓名をすでに把握されているとは、予想もしていなかったようだ。

それまでの強気とは一変し、太郎左衛門の顔を食いつくように見つめている。

「お手前のことは、ほぼわかっております。自身番に連行し、町奉行所のお役人に引き渡すのが順当な手順かもしれませんな。

ところが、渡辺弥四郎さんは、

『八木は昔馴染みでな。死にゆく者の願いじゃ、見逃してやってくれぬか』

と、申されております。

おふたりの関係は存じませんが、渡辺さんは死ぬ前に、お手前に恩返しをしたいようですぞ。

そんなわけで、私どもも困っておりましてね。どうしましょうか」

「そ、そうか。渡辺とは長い付き合いじゃ。た、頼む、見逃してくれ」

八木の声に涙が混じっていた。

渡辺が自分を案じていると信じ、感動していた。もちろん、身勝手な感動である。

「そうですか、では、このままお帰りいただいてもよろしゅうございますが、ひとつ、条件がございます。それを守っていただけるなら、縛《いまし》めも解き、刀もお返ししましょう」

「な、なんだ」

「この長屋に、二度と現れないこと。近所を歩くのも遠慮していただきたい。よろしいですか」

「わ、わかった。約束する」

「では、手ぬぐいを解いて、刀を返してやっておくれ」

鳶の者は太郎左衛門に命じられたものの、警戒を解いていない。

「また刀を振りまわすかもしれませんぜ」

「いや、その心配はありません。歩くのがやっとのはずですぞ」

伊織が言った。

突きの手応えからして、八木の左脇腹は赤黒く腫れあがっているはずだった。

数日間は、痛みが引かないであろう。

縛られた手足を解いてもらい、両刀を受け取った八木は、覚束《おぼつか》ない足取りで長屋から出ていく。伊織が言ったように、歩くのがやっとのようだった。

そんな八木の後ろ姿を見送ったあと、太郎左衛門が言った。

「あたしと甚兵衛さんはこれから、この長屋の大家どのに挨拶をします。先生はもう、お帰りいただいてもけっこうですぞ。

今日の件は、後日、あらためてお礼にうかがいます」

「そうですか、では、私はこれで失礼します」

伊織はふたりを残して、帰途についた。

四

沢村伊織がモヘ長屋の診療所に着くと、さっそく春更が顔を出した。かなり落ちこんでいた先日とは変わり、いつもの明朗さを取り戻している。

「先生、お知らせすることがあります」

「ほう、なんだね」

「黒木屋惣右衛門さんが隠居しましたよ」

「え、隠居したのか」

伊織も驚いた。

惣右衛門がなんらかの形でけじめをつけるであろうとは予想していたが、これほど早く隠居するとは意外だった。

「あまりに突然だったので、まわりも驚き、ずいぶん諫《いさ》めたそうですが、本人の決意は固かったようでしてね」

「すると、黒木屋はどうなるのか」

「惣右衛門さんの娘に婿をもらい、その婿が跡を継ぎました。なかなか有能で、真面目な男のようです。これで惣右衛門さんがいなくても黒木屋は安泰だというのが、もっぱらの評判です」

「ふうむ、しかし、なぜ、そなたは黒木屋のことにそんなにくわしいのか」

「手代の喜三郎さんと親しくなりましてね。それで、ときどき話をするのです」

伊織は、多くの人が春吏に対して胸襟《きょうきん》を開くのに感心した。やはり、春吏の人柄だろうか。

「なるほど。惣右衛門さんは隠居後、どうしているのか」

「不忍池のほとりに作業場を借りて、そこに住んでいるようです」

「作業場とは、どういう意味か」

「わたしも驚いたのですがね。惣右衛門さんは、舞台道具などを作る職人になったのです。黒木屋の主人から一介の職人になるのですから、まわりは唖然としたそうですがね。

しかし、手代の喜三郎さんに言わせると、かならずしも意外ではないそうでしてね。

もともと、惣右衛門さんは手先が器用で、物作りが好きだったのです。たまたま黒木屋の主人という立場だったので、物作りは職人に任せていたものの、本心では自分も鑿《のみ》や鉋《かんな》を使いたくてうずうずしていたのだとか。

隠居後は、心おきなく物作りに没頭《ぼっとう》するそうです。これから、惣右衛門さんが作った道具が黒木屋に並ぶかもしれませんよ」

伊織は、黒木屋に検屍に行ったときに見かけた作業場を思いだした。数人の職人が、黙々と作業にいそしんでいたものだった。

惣右衛門はああいう職人のひとりになったことになろう。ただし、作業場は別だが。

それにしても、惣右衛門が出家して頭を丸め、不忍池のほとりに庵《いおり》を結び、いまは念仏三昧《ねんぶつざんまい》の日々を送っているなどと聞けば、いかにも芝居がかっており、信憑性は感じなかったろう。

むしろ、いかがわしさを感じたかもしれない。

職人に転身したと知って、惣右衛門の隠居に真摯《しんし》さを感じた。まさに、けじめをつけたのである。

「ふうむ、隠居後は職人として生きるというのは、なかなか真似ができることではあるまい。立派な覚悟だと思うぞ」

「しかも、お内儀は黒木屋に残り、惣右衛門さんは飯炊きの下男がひとりいるだけの、つましい暮らしをしているそうです。

みなが口をそろえて、もっと安楽な暮らしをしたらどうかと勧めたそうですが、惣右衛門さんは頑《がん》として受け入れなかったとか」

質素な暮らしを自分に課したのも、惣右衛門のけじめのひとつなのかもしれない。

ふと、伊織は思いだした。

「そういえば、死んだお菊どのが生んだ、惣右衛門どのには異母弟にあたる者がいたはずだ。その男はどうなったのだろうか」

「はい、そのことです。これも、評判になっていましてね。

異母弟は別の商家に奉公していたのですが、惣右衛門さんがいったん引き取り、かなり多額の金を出して、店を持たせてやったそうです。

親戚はもちろん、商売仲間も、惣右衛門さんのこの措置に感心しきりだとか。お菊さんの死後、お菊さんが生んだ異母弟の面倒も見てやったのですからね」

「ほほう、惣右衛門どのはすべての手筈《てはず》をととのえ、隠居したことになろうな」

伊織は、惣右衛門が継母のお菊の意思を実現してやったのだと知った。せめてもの罪滅ぼしの気持ちだったのかもしれない。

「それにしても、惣右衛門さんの唐突な隠居は、どういう心境の変化だったのでしょうね」

春更が、ちらと伊織の表情をうかがう。

やはり、伊織がなにかを知っているのではあるまいかという思いが抜けきれないようだ。先日、惣右衛門が伊織に挨拶にきたことも、どこやらから聞きこんでいるのかもしれない。

もちろん、伊織は春更にも白鼠の件は、いっさい言うつもりはなかった。惣右衛門と約束した以上、秘密は守らなければならない。

それまでの、春更のしんみりとした口調が一転した。

「職人になった惣右衛門さんが工夫して、新しい幽霊人形を作るとおもしろいのですがね。

そうそう、幽霊人形についてです。

やはり、幽霊人形で人を驚かせて人を殺すという筋立てで、戯作を書こうと思いましてね。斬新な作品になる気がするのです」

春更としては、自分の思いついた趣向が捨てがたいようだ。

伊織は一点だけ、注意する。

「うむ、それはそれでよいと思うが、読んだ人が実際の黒木屋とわからないように書くべきだぞ」

「はい、そのあたりは心得ております。ただし、幇間の信八さんをどう活かすか、悩んでいましてね」

いつの間にか、ふたりの患者が待っている。

気づいた春更が、あわてて帰り支度をはじめた。

＊

湯島天神門前の家に帰ると、お繁が言った。

「さきほど、薬種問屋の備前屋から、立派な鰈《かれい》が届きましたよ」

「ほう、そうか」

伊織は白骨騒ぎの礼であろうと思った。

お繁が言葉を続ける。

「鰈を持参した使いの人が言うには、

『のちほど、主人の太郎左衛門がお礼にまいる予定でございますが、とりあえず、これをお納めください』

とのことでした」

「ふうむ、ずいぶん、丁寧だな」

「鰈は煮付けにしようと思います」

「うむ、いいな。鰈の煮付けは大好きだ」

伊織はちらと台所を見たが、鰈は見えない。へっついの上の鍋で煮付けている様子もなかった。だいいち、煮魚の匂いがしない。

「で、その鰈は」

「お熊が立花屋に、煮付けの作り方を習いにいきました」

お繁がけろっとして答える。

伊織は一瞬、啞然とした。続いて、笑いがこみあげてくる。

先日、立花屋の料理番の太助に鯛を調理してもらい、お繁も下女のお熊もすっかり味をしめたようだ。

今度も、お熊が鰈を持って煮付けの作り方を習いにいき、太助に「おめえさんには無理だぜ、あっしに任せねえ」と言わせるつもりであろう。

備前屋から届いた鰈は、立花屋の高級な仕出料理となって届けられるわけである。

玄関の三和土に、備前屋太郎左衛門と大家の甚兵衛が入ってきた。

「先日は、ありがとう存じました」

「さきほどは、けっこうなものを頂戴いたしまして、こちらこそ、ありがとうございます。どうぞ、おあがりください」

伊織の勧めに応じて、太郎左衛門と甚兵衛があがってきた。お繁がすぐに茶と煙草盆を出す。

座ると、太郎左衛門がさっそく言った。

「渡辺弥四郎さんのことについてですがね。あのとき、八木多右衛門が金を奪いにきていたのは、それなりに理由があったのです。

先生がお帰りになったあと、長屋の大家どのに挨拶に行き、そこで話を聞かされました。渡辺さんはかなりの金を隠していたのですが、自分の死期が近いのを悟ると、

『これは迷惑料じゃ。この金で、一遍《いっぺん》の回向《えこう》を頼む』

と、すべて大家どのに託していたのです」

「なるほど、それでわかりました。

じつは、あの日の翌日、私は痛み止めの薬を調合し、下女のお熊が渡辺どのに届けにいったのです。そのときに見たとかで、お熊は、

『大家さんの女房らしい人が、お粥《かゆ》を届けにきていた』

と言いましてね。

長屋の大家が、最期まで渡辺どのの世話をしているわけですね」

「そういうことでしょうな。

渡辺さんはもう死亡し、大家どのの手配で菩提寺の墓地に埋葬されたかもしれませんがね。

次は、長屋の焼け跡で見つかった白骨の件ですが、これは、おまえさんが話しますか」

太郎左衛門が、隣の甚兵衛にうながす。

うなずいたあと、甚兵衛が話しはじめた。

「焼け跡の床下から見つかった白骨について、最初は、以前住んでいた佳助ではないかという疑いがありました。女房のお幸と間男が共謀して、佳助を殺して埋めたというものです。

しかし、先生の鑑定で、白骨は佳助ではないということがあきらかになりました。

殺されたのが佳助ではないとわかったのですが、念のためと言いますか、ついでと言いますか、備前屋に出入りの鳶の者に頼んで、お幸を探してもらったのです。

わかりましたよ。

お幸はいま、かつての間男と所帯を持ち、小間物屋を営んでいましてね。まあ、それなりに安定した、おだやかな暮らしをしているようです。子どももいるようでした。

いっぽうで、佳助の行方も追ったのです。

これは難しいかもしれないと思ったのですが、意外と簡単でした。佳助は屋根葺き職人でしたからね。鳶の者が、屋根葺きの親方を丹念に訪ねていったのです。

これも、わかりましたよ。

佳助が女房のお幸を捨てて出奔《しゅっぽん》したのは、嘘ではありませんでした。佳助は岡場所の女郎と深い仲になり、にっちもさっちもいかなくなって、女房を捨てて姿をくらましたのです。しかし、食っていかなくてはなりませんからな。

佳助は名前を変えて屋根葺き職人をしていたようですが、二年前、普請場《ふしんば》の事故で死んだそうです」

「ほう、佳助どのはすでに死んでいたのですか」

伊織は不思議な感慨を覚えた。

当初、湯島天神門前の裏長屋の床下で発見された白骨と思われていた佳助は、実際はまったく別な場所で死に、いまは、どこかの寺の墓地の地下で白骨に化していることになろう。

「まあ、これが、いちおうの事後報告ですがね。遅くなりましたが、これは御礼です。お納めください」

太郎左衛門がふところから懐紙の包みを取りだし、伊織の膝の前に置いた。

その厚みは、伊織の予想を超えるものだった。五両はあるかもしれない。

「これを機会に、備前屋にも顔をお出しください。今後とも、先生にいろいろとお教えを請《こ》いたいこともございますので」

太郎左衛門は、あくまで慇懃《いんぎん》だった。

考えてみると、備前屋は薬種問屋である。医者の自分がこれまで交渉がなかったのがむしろ不思議だった。

伊織はこれからときどき、備前屋に顔を出そうと思った。

太郎左衛門はもちろんのこと、番頭や手代と話をするのもなにかと参考になるはずだった。

＊

太郎左衛門と甚兵衛が帰るのと入れ違いに、年老いた男が姿を見せた。

「沢村伊織先生は、こちらでごぜえますか」

縞木綿《しまもめん》の着物の裾を尻《しり》っ端折《ぱしょ》りし、色の褪《あ》せた紺の股引《ももひき》を穿いている。足元は裸足《はだし》に草鞋《わらじ》履きで、風呂敷包を背負っていた。

「どちらから、まいられましたか」

お繁が尋ねる。

老人が言った。

「黒木屋の旦那さまで、惣右衛門と言わしゃった方ですが、いまは隠居して名をあらためるです」

伊織はすぐにピンときた。

春更が言っていた、隠居した惣右衛門に仕える飯炊きの下男であろう。いったい、なんの用であろうと、にわかに気がかりになる。

立って、玄関に出ていく。

「惣右衛門さんのところから来たのか」

「へい、ご隠居さまから、先生にお届けするよう言われまして」

下男は首の下で結んだ結び目を解き、風呂敷包を上框に置いた。

風呂敷から出てきたのは、高さが一尺（約三十センチ）ほどの木像だった。

武者像でも、仏像でもない。

なんとなく、むさくるしい顔をした男の像である。禿《は》げた頭に、角《つの》のような小さな突起がふたつあった。目はぎょろりと大きく、長い頬髯《ほおひげ》と顎鬚《あごひげ》をたくわえている。衣服は、どことなく唐土《もろこし》（中国）を思わせた。

「これは、いったい、なんの像ですか」

お繁が戸惑っている。

下男が右の袖をまくった。手首の内側に墨で、
しんのう
と、大きく書かれているのが見えた。

平仮名を確認したあと、下男が言った。

「これは、『しんのう』でごぜえやす」

下男が忘れた場合を考え、惣右衛門が筆で書いてやったに違いない。下男はかろうじて平仮名は読めるのであろう。

伊織はすぐに意味がわかった。

「ほう、神農か。惣右衛門さんが彫ったのか」

「へい、隠居したあと、最初にしんのうを作り、先生に届けたいということでごぜえした」

「しんのうって、なんですか」

そばから、お繁が怪訝そうに言う。

伊織はまず、漢字を説明した。

「神農は唐土《もろこし》の伝説上の帝王で、人々に農耕や医薬を教えたとされている。わが国では、古くから医師の神として祀《まつ》られてきた。そのため、漢方医の家や薬屋には神農像が安置されている」

神農像を手に取り、眺めた。

鑿《のみ》の跡を見ていると、惣右衛門が懸命に彫っている姿が目に浮かぶようである。

伊織は下男に言った。

「ありがたく頂戴いたしますと、惣右衛門さんに伝えてくれ」

「へい、では、あたしはこれで」

「ちょいと、待っておくれ」

お繁が呼び止めた。

財布から幾ばくかの銭を取りだすと、すばやく懐紙に包んでひねり、下男に手渡す。

「ご苦労でしたね」

「へい、ご新造さん、ありがとうごぜえやす」

うれしそうに一礼すると、下男が帰っていく。

伊織は神農像をながめながら、思いだしていた。

医者で蘭学者の大槻玄沢《おおつきげんたく》は、江戸の京橋水谷町で蘭学塾・芝蘭堂《しらんどう》を主宰していた。長崎の鳴滝塾に入塾する前、伊織はこの芝蘭堂で蘭学を学んだ。

芝蘭堂では、太陽暦《たいようれき》（グレゴリオ暦）の一月一日に、新元会《しんげんかい》という祝宴が開かれた。新元会は俗に「おらんだ正月」とも呼ばれた。

新元会の宴席では壁に、古代ギリシアの医師で、医学の祖と称されるヒポクラテスの画像が掛けられていたものである。

（神農は漢方医の崇拝の対象であり、蘭方医があがめるべきはヒポクラテスであろう）

惣右衛門がヒポクラテスを知っているはずはない。神農は医師全般の神と信じていたのであろう。

伊織はその気持ちを思うと、やはり感動がこみあげてきた。

惣右衛門は神農像を彫り、贈ることで、伊織へ謝意を伝えてきたのである。

「その像は、どこに飾るのですか」

お繁が言った。

伊織は室内を見渡し、

「そうだな、やはり、ここだろうな」

と、一画を示した。

そこは、診察・治療中の伊織を見守る位置である。

そのとき、勝手口で物音がする。お熊が戻ってきたようだ。

「ご新造さま、太助どんが煮付けを作ってくれましたよ」

その声は意気揚々としている。

してやったりという気分だろうか。

コスミック・時代文庫

秘《ひ》剣《けん》の名《めい》医《い》
【十二】
蘭方検死医 沢村伊織

2022年6月25日　初版発行

【著 者】
永《なが》井《い》義《よし》男《お》

【発行者】
相澤 晃

【発 行】
株式会社コスミック出版
〒154-0002 東京都世田谷区下馬 6-15-4
代表　TEL.03(5432)7081
営業　TEL.03(5432)7084
　　　FAX.03(5432)7088
編集　TEL.03(5432)7086
　　　FAX.03(5432)7090

【ホームページ】
http://www.cosmicpub.com/

【振替口座】
00110-8-611382

【印刷／製本】
中央精版印刷株式会社

乱丁・落丁本は、小社へ直接お送り下さい。郵送料小社負担にて
お取り替え致します。定価はカバーに表示してあります。

ISBN978-4-7747-6387-3 C0193